且将生活一饮而尽

李座峰 作品

中国华侨出版社

目录

contents

目录

推荐序 画人的技艺

马伯庸

初识老Fin，是在微博。

当时他在微博上写了一系列文字，统而称之为“来，我跟你说个人”。每次一篇，每篇几千字，每次专写一个人，不堆砌辞藻，不装大尾巴狼，描写的全是市井小人物，纯白描。

作文之法，有一个定律，所谓“画鬼容易画人难”：鬼怪谁都没见过，任你怎么写都无所谓，但画人太难了，因为人人每日见得极熟，你稍有瑕疵，便会被指摘。所以描写人物，尤其是描写平常人物，对任何一个码字的人来说，都是个绝大的挑战。

当年莫泊桑拜到福楼拜门下，福楼拜让他悉心观察车站旁边的那群马车夫，写成文字，要求每一位马车夫都得写得不一样。这和达·芬奇画鸡蛋如出一辙，它考验的是作家的观察能力，以及用最朴实的文字表达出来的笔力，既得精准，又得独特。两三句话那么一搁，就知道你写得好不好，像不像，作不得伪。

“来，我跟你说个人”这个系列，就和它的名字一样，给人的感觉，如同一位朋友——还是损友——慵懒地靠在沙发上，歪头眯眼，前头搁着半瓶啤酒和几根吃剩下的肉钎子，打一个大大的呵欠，然后慢条斯理地说：“来，我跟你说一个人。”

这是一种天然流露的市井范儿，全无矫情，坦率而诚恳。寥寥数笔，那些人、那些事就活了。我在读的时候，脑子里会自动把它们汇聚成一个鲜活形象，在脑子里乐乐呵呵过起日子来。他们身上沾染了太多生活的气息，既有独特性，又有普适感，可以轻易从文字中脱出来，融入读者的生活中来，融为一体，了无痕迹。说是文字，可跟皮影戏似的，会自个儿动。

后来有幸跟他一起吃饭，老Fin挺谦虚，说这些是他当编剧的练笔，但这画人的基本功，跟一个沙袋栽地上似的，扎实。不过呢，说这些文字返璞归真吧，有点过，老Fin年纪轻轻，还没到德艺双馨的岁数；说炉火纯青呢，也不合适，平白把人家的上升空间给封了。思来想去，对这一系列文字最准确的形容词，应该是：热爱生活。只有对生活充满好奇的家伙，才能描摹得这么生动、细致，这么带着烟火气息。所以如今这书名叫作《且将生活一饮而尽》，正和微博上连载的系列相映成趣。

来，我跟你说个人，咱们且就着生活一饮而尽啊。

对于那些有志于文学创作的朋友，我觉得不妨看看这本书，并试着自己写一写。什么时候人物在脑子里会动了，那就是写到位了。

自序／给你我都不曾走进的世界

李座峰

2007年，我从多伦多搬到温哥华，在一家湘菜馆做厨师，日子规律又安静。

每天午后的那两小时休息时间，我会到店对面的咖啡馆找个角落坐下，要一杯摩卡握在手里，看形形色色的人在这小小一隅往来进出。其中有卡车司机、建筑工、新移民、留学生、地产经纪，以及数半分钟硬币买一小杯美式咖啡和一个甜甜圈的流浪汉。我看着他们在这里交汇又离散，望着那些远去的背影发呆，想象关于他们的一切，再根据这些编排将要发生的情节。

这样的生活持续了将近一年，这个爱好时常让我狂喜又不安，人生的无数可能性不但极大满足了我的好奇心，也带给我莫名的恐惧，那是对一切未知和不确定的敬畏。

曾有几次乘朋友的游艇出海去玩，行至深海，大家纷纷跳下去游泳，我却坚决不肯下水。从小在海边长大的我其实水性还成，但从不敢去湛蓝色的深海里游泳，不见底的水总是让我心生畏惧。我十分想知道那里面到底有什么，却又害怕那里面真的有些什么。而眼前纷乱的尘世就是我无尽的深海，我无时无刻不在兴奋地窥探它，感受平静表面下命运的激烈碰撞。

2003年在朋友的电影里客串，演一个追了女主角好几年未果最后在一家小酒吧里强抱对方的配角。之后又跟几个朋友折腾着拍电影，我身兼编剧、演员、道具、收音和灯光等数职，顶着大太阳用从家具厂要来的边角料制作道具桌椅，尽管结果是一群乌合之众忙活了小一年后不了了之，但电影仍旧为我窥探众生的爱好打开了一扇新的大门，那些想象中的人和事有了更具体的画面。

2010年7月，我从温哥华恬淡无聊的日子里挣脱出来，一头扎进国内纷杂热闹的生活中。

2013年春，在做了三年广告文案后，我正式开始剧本写作。

闲暇时，我试着将脑海里那些鲜亮清晰的人物用极简的文字勾勒出来，写他们的一生或片段。故事里没有旁白独白，没有心理描写，只有人物的行为和语言。我把一段毫无修饰的光阴用尽可能客观的文字记录下来，努力不去折损那些活生生的烟火气。

大概所有喜欢电影的人都会想要试着把自己放进别人的躯壳，用他们的方式去说话，去生活，甚至在这世间从头到尾走一遭吧？这本集子将为你们罗列众生，像是无数个造梦的端口，联通那些个你我都不曾走进的世界。

01

神探

一九九三年春天，张本望做刑警的父亲破获了一起特大刑事案件，获全国嘉奖，其事迹还被拍成了连续剧。十七岁的张本望坐在小板凳上看着电视里一个陌生人扮演着自己的父亲，暗暗立志长大后也要当一名刑警。

但文化课奇差的他连警校都考不上。

张本望在二十五岁的时候连着闹了好几天绝食，终于促使父亲动用关系让他成为一名户籍警察，虽然没有刑警威风，可好歹也算有套警服。户籍警察工作相对轻闲，张本望一有时间就坐在办公室里看那些从图书馆借来的心理学书籍。

那会儿好多科班儿出身的警察办案都还处在跟邻居亲友打听死者生前跟谁有过节和谁吵过架，然后把那人逮回来揍的阶段，哪有人研究什么犯罪心理。经过几年研读，张本望空有一肚子理论知识却无用武之地，只能在他负责的这一片儿居民区里找点儿乐子。

“家里就您一个人？”张本望敲开一户人家的门，捏着笔问开门的大姐。

“哦，我还有个儿子，上初二。”

张本望朝灶台上扫了一眼：“孩子中午回来吃饭吗？”

“不，他带饭。”

“您中午一个人吃的饭？”

“嗯。”

“一个人吃饭怎么收拾出两副碗筷？”张本望又看了一眼灶台上那堆还没来得及刷的碗碟，“三个菜，两荤一素，大姐您可够能吃的。”

大姐有些慌张，但看到张本望那套不合身的制服时马上又镇定下来，撩了撩头发倚到门框上。

“孩子他爸常年在外面出差，家里家外都我一人操持，干得多就吃得多。怎么了？吃得多犯法吗？”

张本望倒有些不好意思，扶了下眼镜儿：“没没没，您怎么吃都不犯法。”

张本望说着转身准备离开，想了想又回头：“跟里屋那位说一声，下次来别把摩托车停胡同儿里边儿，邻居们来回走路不方便。搁胡同口儿就成。”

大姐脸色一沉，“砰”的一声关上门。

张本望扯了扯歪到一边的领子，朝下一户人家走去。

大姐直奔里屋，跟从里面疾走出来的男人撞了个满怀。

男人捏着腰带试了好几次才给穿进腰带扣儿里：“走了吗？”

“你慌什么？！走了。”

男人把门推开一条缝儿往外瞧，见外面人影儿也没一个，关上门回身抱住大姐。

“走，再回去躺一会儿。”

“哎呀，不是刚躺完嘛，你先让我把碗洗了，再陪我说会儿话儿。”大姐推开男人开始洗碗。

男人又去把门推开一条缝儿朝外面看了看。

“那算了，我走了。”看外面真没人，男人从里屋拿出外套边穿边说。

“哎，这就走了啊？下回哪天过来啊？”

“不来了，以后都不来了，再来就让人逮着了，你们这儿的小警察挺厉害。”

“哎呀，警察不管这事儿！”

“那我也害怕！”

男人撂下这么句话推开门一溜烟儿走了。

年至而立，张本望的父亲在一次抓捕行动中被逃犯开枪打中脖子，由于地处偏僻，送到医院时已无力回天。

张本望给父亲送完终，随即要求加入刑警队。几个领导起初不同意，后来看在他烈士父亲的面儿上，答应说以后有任务的话会找他配合行动。

张本望穿鞋一米七出头儿，体重不到六十公斤，看着刑警队的同事们个个高大健硕，也觉得自己这样儿进刑警队实在给人民警察抹黑，于是每天下班后就跑到刑警队的训练馆打沙袋。两礼拜之后，张本望体重上升了一斤。他兴致勃勃地找了一个刑警同事跟他对练，被对方一脚踢折了左小臂。

所有人都埋怨那个同事，说他对菜鸟儿下重手。

“我真没使劲儿！”

一个月后，那同事落下个跟祥林嫂一样的毛病。

张本望的胳膊刚好利索没几天，局里接到举报说郊区某处民居里有个人很可疑，有可能是在逃的通缉犯。

上头经过研究，准备派看起来最不像警察的张本望扮成个收废品的先去踩点儿，确认之后再实行抓捕。

蹬着个破三轮儿的张本望敲着挂在车把下面的破脸盆，每隔十来秒吆喝一声“破烂换钱”，慢慢地骑进由几排小平房组成的居民区。

正值晚饭点儿，上班的也都回家了，时不时地有人出来拎着破铜烂铁叫住张本望，张本望就停下来称重算钱。

“哟，大妈，您这搪瓷脸盆都锈成筛子了，这我没法儿收，收上去没人要啊。”

“哦，是吗？那麻烦你帮我撇了吧，搁家里也碍事儿。”

张本望把脸盆接过来随手扔进三轮车里，又把大妈拖出来的一堆纸箱拆开叠在一起捆好，用秤杆子另一头儿的钩子勾起来称。

“一块九，给您算两块！”

“这么一大堆纸壳儿才两块啊？”大妈不太高兴。

“纸箱不值钱啊大妈，您这小区普遍没啥油水儿啊，我来这儿转悠快一个钟头了，就收了几个瓶子外加您这一堆纸壳儿。”

大妈“哼”了一声，接过钱往兜儿里一揣，“你那是来晚了，上个礼拜一个收破烂儿的在隔壁单元东边儿把头儿那家花三百块钱收了个八成新的电冰箱呢！”大妈边说边往回走，“那家估计是不想过了。”

张本望心里咯噔一下，收拾好东西爬上车子，朝隔壁单元东边儿把头儿那家蹬去。

“哎，收破烂的！”

张本望慢悠悠地从那家门前经过，骑出去二十来米时，被身后一个低沉的声音喊住。他捏住车闸回头看去，见一个蓬头垢面的男人从那户人家的门里探出头来。

“哎，你过来啊，快过来！”

“哦，来啦来啦。”张本望费劲巴拉地来了个U-turn，把三轮车蹬到那男人跟前。

男人从身后拽出一个满是啤酒瓶子和空易拉罐的蛇皮袋丢到张本望面前，自己抻着脖子朝西边儿看了看。

张本望蹲下来一边分拣一边数着，同时用余光打量那男人。这人的裤子膝盖处折痕十分严重，脚上穿的不是拖鞋而是胶鞋，极有可能就是和衣而睡从不脱鞋随时准备跑路的通缉犯。

“九块五。”

张本望直起身子准备掏钱。

“不用给我钱，你帮我去附近超市买包白塔，剩的钱你留着。”

张本望一愣，马上高兴地点点头转身就走。

“好好好。”

“回来直接扔院里就行。”男人说完关上门。

等在居民区外面的同事们听张本望一说，立刻分头从几个方向朝门口停了辆三轮车的那户人家包抄过去。

张本望带着大伙儿跑在最前面，因为兴奋，脸上一阵阵发紧。

“爸，您要是泉下有知的话就保佑保佑我，儿子今儿要给您老露脸了！”

想到这儿的时候，张本望人已经来到了那户人家门外。

“大哥，烟我给你买回来啦！大哥？”

张本望在外面喊了两声，门里一点儿动静都没有。

“踹门！”带队的在身后低声说道。

听到这句话，张本望右腿顿时似有神力注入，两步助跑后一脚踹在门上。那门没锁，毫无阻力地应声弹开，把他晃得右脚往前狠迈一步差点儿闪了大胯。张本望刚收回脚站稳，那门从墙上又弹了回来，直接把他拍了个满脸花。与此同时，院里一直举枪对着门口的男人开枪了，子弹打在了包着铁皮的门上。

张本望捂着鼻子蹲在地上，几个刑警把他拽到一边后趴下来，推开门一起开枪把那男人打伤擒住送往医院。

到了医院把那人的脸擦干净一认，果然是在逃的杀人犯。

鼻梁上贴着纱布的张本望在公安局内部会议上领了个奖状。

当晚，媳妇儿给他做了一桌子好菜，可张本望却一直闷闷不乐，他觉得作为一个警察，踹门时让门把自己鼻梁拍断实在丢脸，不光自己，连带着死去的老爹也跟着丢脸。

二〇〇五年开春，张本望一家住进了楼房。

半年后，他所在的小区出了桩离奇的失踪案。

收清洁费的阿姨向物业反映，说2号楼1单元602的住户一连几天家里都没人。物业去问601的住户，也说大概有一个来月没见着这家人了。回去一查，这户住着一个离异带孩子的女人。

接到物业报案后，警察先查到这女人的工作单位，打电话过去一问，得知她已经两个月零七天没上班，并且没有任何形式的请假。警察随后又去那孩子上学的学校了解情况，老师说这孩子两个多月没来上学，打发同学去家里找总没人。

警察来小区调查的时候，刚巧张本望下班回家。

张本望问明了情况后要求跟着一起上去看看，对方同意了。

撬开房门后，张本望和几个警察走进602。

张本望吸了几下鼻子，除了长时间不开门窗所带来的霉味儿之外没有一丝尸臭。冰箱里的食物已经全部腐败。地面很干净，有明显的清洗痕迹。木质菜板上有常年用菜刀切菜剁菜所形成的凹陷，却看不到菜刀。炉灶上还放着一口被钢丝球蹭得发亮的煎锅。张本望在垃圾桶里翻了翻，没找到钢丝球。

“回去先报个失踪慢慢查吧。”

“等一下。”还在厨房转悠的张本望说着把头伸到抽油烟机底下，扭头瞅着上面的集油罩，“老王，给我把镊子。”

张本望用镊子在集油罩上刮下来一些油垢，放到塑料袋里封好递给老王，“麻烦帮我送去化验一下，辛苦哈！”

老王接过塑料袋，又看看张本望，点点头没说话转身收队。

化验结果，那油垢里有人油的成分。

这无疑是一个重大的发现，但现场被清理得过于干净，除了人油之外找不到任何有价值的线索，警方召集人手密集调查了一个多月，毫无进展。

这天，在警局连续加班了好几天的张本望也开始泄劲，决定回家好好睡一觉。骑着自行车经过2号楼时，他心有不甘地朝1单元602的窗户望了一眼。

这一眼，让张本望浑身一激灵。

他跑回家里拿了些吃的和日用品，跟媳妇儿说了句要去执行任务就下了楼，直奔2号楼1单元602。

门没锁，张本望走进去来到窗户前，看看下面没人注意，就伸手拉上窗帘，然后在窗边坐下，边吃边透过窗帘缝儿看着下面来来往往的人。

张本望跟局里报了病假，每天就坐在602的窗户边往下看，直到半夜才回家，第二天一大早天不亮就又跑回去继续看。

一个多月后的一天上午，一个中等个子的人出现在小区里，这人双手插在裤兜儿里匆匆地走到 2 号楼底下，突然抬起头朝1单元602的窗户望过来。

张本望躲在窗帘后浑身鸡皮疙瘩暴起。

那人朝这边看了几秒钟后转身快步走出小区，张本望起身疯一样地追了下去。

那人正走着听到身后有脚步声，回头看见朝他狂奔的张本望，拔腿就跑。

对方一开跑，张本望就发现自己的速度不如人家，他大喊一声：“再跑我开枪啦！”

那人马上开始跑S形路线，张本望渐渐地追近了。

“站住！”

张本望再次喊道。

前面那人听见张本望越追越近，一把拽过路边摊煎饼的大婶，勒住她的脖子回身恶狠狠地看着张本望。

“过来我就弄死她！”

张本望往前冲了好几步才刹住，双手支着膝盖呼哧呼哧地喘。

“把枪扔给我！”

那人又喊。

张本望心说，妈的，要是有枪我早就用了，还能留着扔给你？

“快点儿！不然我掐死她！”

这句“掐死她”给张本望提了个醒，“掐死”？对啊，这小子手里没武器，掐死个人得好一会儿呢！

张本望想到这里猛地扑过去，和那人扭打在一起。

大概两个回合不到吧，张本望就被对方反拧住胳膊摁在地上，对方一边搜他的身一边问他枪在哪儿。

“你别摸了我没枪！”

听到张本望说没枪，刚才被挟持的大婶放心地从煎饼摊子上抄起舀面糊的大汤勺，照着那人后脑勺抡圆了就是一下。

那人惨叫一声松开张本望的胳膊，捂着脑袋在地上打滚，大婶上前一脚踩住那人的肚子，手里的大汤勺上下左右翻飞，专挑那人双手没护到的地方敲，一会儿工夫那人就不动弹了。

“你是警察吗？”大婶从煎饼摊上扯过一块抹布边擦勺子边问。

张本望点点头，揉着胳膊吃力地站起来。

“唉，这身板儿的也能当警察了现在，哪儿还有个好。”

张本望从地上捡起眼镜儿戴上，看了看比他粗好几圈儿的大婶。

“谢谢。”

原来，一个多月前张本望在1号楼楼下向上看的那一眼让他想起之前读过的一本关于犯罪心理的书，说有很多罪犯会忍不住再次回到作案现场看一看。

抱着这点希望，张本望在602埋伏了一个多月，居然真的被他等来了凶手。

那人被带到局里后，对自己的犯罪事实供认不讳，并带着警察去小区附近的河边捞出了那把用来分尸的菜刀。这人是在夜里尾随女被害人回家，将其强奸后连同孩子一起杀害。接着剔骨碎尸，并花了好几天的时间用煎锅把肉块煎成焦炭，用煤气灶的火把骨头烧酥，然后通通捣成粉末用马桶冲走。

鉴于张本望在这个案子上的杰出表现，局里决定送他去刑警学校学习，毕业后回来当刑警。

谁知张本望不但一口回绝了局里的安排，连片儿警也给辞了。

张本望拎了瓶白酒跑到父亲坟前，喝一口倒一口，絮絮叨叨地说了一个来小时，中心思想就是自己实在不是干警察的料，再在公安局待下去，自己保不住命不说，恐怕还要连累别人。希望父亲理解自己的决定。

往回走时，晴天响了声霹雷。

张本望停住脚仰头儿看着天，笑了。

“爸，你嗓门儿还是那么大。”

02

临演老张

二〇一二年，我在一家广告公司制作部当编剧，接了个项目，给一个汽车品牌拍短片。由于我已经在该项目的前几部短片里出演过太多次，客户那边再三表示这回就别再让那光头演了，于是我们开始在外面找演员。

“老李，有个演爸爸的来面试，在器材室，你去看一下把把关。”

我走进器材室，见里面东一个西一个站了好几位。

“那啥，你们都是来当爸爸的吗？”

几个人一起点头，离我最近的那个“爸爸”忙不迭地走过来伸手跟我握了握，那一手的老茧，不看人还以为是《魔戒》里的树精在跟我握手。

“我叫张邦健，叫我老张就行，我是演员。”

我点点头：“知道，这一屋子都是。”

“我不是！我是来送外卖的，赶紧把钱给我，我好回去！”角落里一个年轻后生喊起来。

我看了他一眼，走出器材室：“谁他妈叫的外卖都送到器材室了！”

里面那后生喊我：“哥，哥！别喊，我不是送外卖的，我也是演员，哥你看我演得好不？”

“好，好好，真好，连我都信了刚才。”老张朝那后生连挑大拇指。

试镜结果，老张是最次的一个。

表演僵硬不说，还贼紧张，拢共三句台词不到二十个字儿，让他哆嗦个稀碎，俩大眼珠子还总直勾勾地瞅着镜头。

“艾玛，让他瞅得我心烦意乱。”导演从摄像机后面伸出头来边说边揉太阳穴。

我在试镜的脚本背面给每个人的表演都做了个简短的点评，连同他们的报价一起写在上面交给了我们头儿。

“要那个张邦健吧。”

我一愣：“真的假的？他可根本不会演戏啊！”

“他便宜。”

我把这个无奈的结果告诉老张，他高兴得又要过来跟我握手，吓得我赶紧把双手抱在脑后，天真无邪地看着他。

“周四下午一点，燕郊那个双语幼儿园，到时候制片会把地址短信给你，稍微提前点儿到。”

“好的好的，不用再排练排练啦？”老张兴奋地直搓手，发出一阵沙沙声。

我看看老张：“这玩意儿，现在咱们手头儿没孩子咋排练？要不我现在哭，你抱着我一边哄我一边下楼去开车？”

“好，来。”

老张说着一猫腰，我还没反应过来，脚已经离地了。

“哎哎哎哎——干吗这是？赶紧放我下来！”

老张抱着我转起圈儿来，我怕他失手把我甩出去，只好伸手勾住他的脖子。

“Cut！”

我突然想起让他停下来的办法。

“怎么样？有生活不？我抱我儿子就这样，怎么闹都不撒手。”老张嘿嘿地笑起来，脸上似有光芒溢出。

公司器材室的墙和门都是玻璃的，这会儿外面已经站了好些位同事正若有所思地看着我和老张。

“走，我送你下去，顺便买瓶儿喝的。”

我带着老张推门出来。“散了吧，都散了吧，排练呢。”

电梯里，我悄悄打量老张。

小一米八的个头儿，腰板儿笔直，黑色短发里零星长着几根白头发。

“我看你简历上说是七六年的。”

“是啊，不像哈？”

我点点头。

“嗯，他们都说我像八〇后。”

我看了看他那一脸深刻的褶子。

“像。”

拍摄那天，我们所有人都到齐了，老张还没出现，打电话也没人接。

我站在幼儿园门口，看着急得要上房的头儿心里暗爽，叫你贪便宜，让人当信鸽了吧？

一辆出租车停在道边，老张从车上下来。

“李老师，李老师！”老张吭哧吭哧地跑过来，“李老师，你帮我垫一下车钱行吗？回头从我演出费里扣。”

“你这么不靠谱儿，到时候有没有演出费都难说。”我一边掏钱包一边吓唬他。

“啊？！”老张一把抓住我的胳膊，“不能吧李哥？！”

“哎，你赶紧松手！”

我心说，直了这么多年，这几天工夫让你整得我在公司都快出柜了。

“逗你的，不过下次再迟到就得扣钱了啊。”

“啊？还有下次啊？不是一天拍完吗？”

“哦，对。赶紧化妆去。”

我跑过去替老张付了车钱，回来时看见化妆师正跟我们头儿抱怨。

“哪儿找的破演员啊，半斤粉底全让他那些褶子给吃了！”

老张坐在一边，脸上打着半拉腻子，十分尴尬地瞅着我。

“妈的，整个短片预算不到一万，能找着喘气儿的来演就不错了，赶紧干活！”我也有些急眼。

这幼儿园是我高中一同学开的，好说歹说人家才答应借给我们拍东西，但必须利用孩子午睡这两个小时来拍，不然孩子们醒了之后四处乱跑太危险。

大家七手八脚地支好设备，几个老师也把能当道具的听话的孩子选好送了过来，开拍。

“儿啊，‘把拔’带你去远方好吗？”

“Cut！他姓张是吧？”导演回头问我，我点点头。

“张哥！这不是幽默剧，你自然点儿，别‘把拔’！”

老张冲着大伙儿点头哈腰转着圈儿地敬礼。

“开始！”

“宝贝儿，爸爸带你去游玩好不好呀？”

“Cut！张哥，别改词儿成不？！不是让你演恋童癖！你严肃点儿，要慈祥，父爱如山！”

老张一个劲儿点头：“啥叫恋童癖啊导演？”

“……唉，你别管了！各部门准备，开始！”

“来，爸爸带你去飙车！”

“Cut！‘兜风兜风兜风’！你没事儿带孩子飙什么车啊？！我们不是在拍《头文字D》啊，大哥！”

导演一脸的欲哭无泪，转过头：“谁给我根烟！”

“这儿不能抽烟。”一直站在旁边儿的园长说话了。

我拍拍导演的肩膀，跑到不知所措的老张旁边儿。

“张哥，你真演过戏吗？”

“嗯。”

“演过啥角色啊？”

“老百姓，听到枪声就往地上扑。”

“……啊，这样，张哥，这样，你平时在家里跟孩子什么样儿，你在这儿就什么样儿，哎，就把这儿当家。旁边儿什么摄像机、灯光、麦克风的，你就当它们不存在！”

“可是这些玩意儿就在旁边儿支着啊，我一抬眼就看见了。”

“……张哥，你是来要我们命的吗？！”

“李老师，你别急，李老师，咱们再来一回。”

“行了，就这样吧。”

拍了不知道多少条之后，给老张当儿子的那个孩子终于被烦哭了。导演把耳机一摘，向后瘫倒在椅子上歪头看着我。

“老李，回头把短片名儿改成《我和我的僵尸父亲》得了，剪巴剪巴送去巴黎短片电影节没准儿还能拿个奖。”

“不是让你稍微提前点儿嘛。”

导演补镜头的时候，我跟老张站在楼下聊天。

“昨儿怀柔那边儿有个戏，我在那儿过的夜，今天早上又拍了两场，拍完我就往这边儿赶了，钱都还没发呢，我让朋友到时候帮我领一下。”

我看着老张乐：“哟，张哥你档期挺满啊，啥剧啊？”

“名儿忘了，超能力打鬼子的，我演鬼子，那女的手一挥我们就得倒，导演说要‘像落叶一样纷飞’，不好演啊。”

“你之前是干什么的，张哥？”我忍着笑问。

“种地的。”

“那你咋混到北京当临……”我咽了口唾沫，“当演员了呢？”

老张转头看了我一眼，拿鞋尖儿搓着地上的一个烟头儿：“老婆跟我离了，带着孩子嫁到了北京，我想儿子啊，可是她不让我看，我就跑到北京租了个地下室，白天打零工，放学的时候跑到儿子学校门口儿远远儿地望一眼儿子。”

老张说着哭了起来，扭过头拿砂纸一样的手抹眼泪。

“老李老李，把大哥带上来补个没见到儿子潸然泪下的镜头！”导演在上面喊。

我赶紧拖着老张跑上楼。

“我×！老李你怎么一会儿工夫就给大哥弄哭了？！好编剧，牛×！”

导演看见满脸泪痕的老张喜出望外。

“赶紧！别玩儿了！……板儿都打上！……光是这么给的吗？！……大哥到自己的位置站好，好嘞，开始！头稍微抬点儿，看远方，远方！再远点儿！……哎，继续哭，哭，擦眼泪，好——再擦一次，深情点儿！漂——亮——慢慢转身，慢慢地，好——转身离去，离去……Cut！牛×！好演员！”

“张哥，以后再要演这类戏，你就想你儿子，记住没？”

我把五张一百块钱捻成一个扇面儿递给老张，这样显得多一些。

“好的好的，谢谢谢谢，哎，李老师，我还得给你车钱呢！”

“拉倒吧！我们都是高收入人群，不差那几个钱，你平时多吃点儿好的，省得念个台词就哆嗦。”

公交车来了，老张往车来的方向跑了几步又停住，回过头来看着我：“李老师，我哆嗦是因为紧张，不是饿的，我平时……”

我笑着点点头，摆摆手让他赶紧上车。

公交车重新开动，直到拐弯，老张还在冲我挥手。

回到公司，我打开演员资料库，敲上了张邦健的名字和电话，想了想，又在“特长”那儿敲了俩字儿——

能哭。

03

花哥

她名字中间有个“花”字，可见她父母很希望她能出落成一个如花似玉的姑娘，事实上，她长得也不难看，有几个角度很像李若彤，梳着郭富城刚出道那会儿的小分头，身高大概有一米七，瘦，完全没胸，走起路来比男生还像男生，开学不到一个月就被大家叫作“花哥”。

花哥运动天赋极佳，打篮球、短跑都不输男生，甚至在打架方面，学校里好多知名的混混都不是她的对手。花哥力气并不大，她属于高敏捷型人才。

那天晚自习前，操场上很多吃过晚饭的学生在打球或聊天。两个社会上的混混溜达进来，盯上了花哥班上的团支书兼班花，上前要求交个朋友。班花想要避开那俩人往教学楼里走，却被抓住手腕。当时旁边有几个班花的男同学，但面对两个大自己好多的社会混混都不敢上前管这闲事儿，只能在一边看着攒怒气槽，同时祈祷着在攒满之前事情不要发展得太过分。

班花大喊“放手”，被不远处路过的花哥听到，花哥往这边儿看了一眼，马上就明白是怎么回事儿。花哥在穿着打扮上走的是雷鬼路线，腰上常年挂着条手指头粗的铁链子，另一头儿拴着个没怎么装过钱的大钱包。花哥伸手拽下链子，猫腰从围观学生的身后跑过去，到了那俩人跟前一直腰，手里的链子朝其中一个人的脸上斜着就抡了过去。那人正抓着班花的手腕耍无赖呢，没注意周围的动静，而且花哥是猫着腰跑过来的，根本看不到。这一链子结结实实地抽在那人脸上，他一声不吭地就倒了下去，双手捂着脸满地打滚儿，过了好久才发出一声极其痛苦的呻吟。花哥手并没停，抡完第一个反手就朝另一个抽了过去，另外那位这时已经看明白怎么回事儿，慌忙一抬手，链子被胳膊挡住，但链子头儿还是扫到了他的眼角儿，血顺着脸颊就淌了下来。

花哥看了看地上打滚的那位，拉起吓呆了的班花转身就往教学楼走。

一直慎在旁边儿运气的几个男生被花哥的气势所鼓舞，大家一拥而上，“嘿哈”吆喝着打便宜架，把那俩人赶出了学校。

从此，花哥和班花形影不离，不管什么时候看到她俩中的任何一个，另一个准在旁边。

上世纪九十年代中期的高中，大家对同性恋什么的还没什么概念，只知道花哥和班花是好姐妹。

班花是住校生，平时就住在教学楼后面的宿舍。

那天周日，班花的室友们打算一起去看电影，班花说不太舒服，没去。

看完电影，其中一个女生痛经，打车回宿舍准备卧床休息，一推门见班花和花哥两人正拥吻在一起。

当时那女生惊得都忘了疼了。

花哥和班花求那个女生保密，那个女生当时也诚恳地点了头。

结果一周不到，连校门外卖水果的小贩都知道这事儿了。

花哥去宿舍把那女生揪出来抽得跟什么似的，但传出去的事情再也敛不回来了。班主任找来了双方的家长，花哥的母亲去世得早，父亲是个普通工人，他打了花哥一耳光之后站在那里一言不发。班花那一对在政府里当官的爸妈都来了，俩人直接找到校长，说必须让花哥离校，不然这事儿没完。

校长说这事儿交给班主任处理，班主任觉得花哥虽然成绩一般，但人品不坏，赶她走，班主任不忍心。

花哥看出班主任为难，主动说愿意退学。花哥父亲急了，上前又要打花哥，被班主任死死拦住。班花的母亲轻蔑地看了一眼花哥父女俩，从嘴角儿挤出一个字儿。

“装。”

花哥父亲听到后也就停了手，颓然地靠在学校走廊的墙上。

花哥终于离校了，她不愿转学到另一所高中，因为她的事儿已经传得满城风雨了。花哥的父亲为此打过她几次，花哥是个倔脾气，死活不肯再去上学，最后父亲只好作罢，给她在汽水厂找了个工作。

那汽水厂就在花哥以前学校的附近，放学时，花哥以前的同学经常可以看见花哥拎着一瓶白酒坐在校门口，望着教学楼发呆，有一口没一口地喝着酒。

学校保安试图驱逐过几次花哥，效果很不理想。大家都知道这假小子是个狠角色而且心里正难受着，所以谁也不愿意把她惹毛。她爱坐那儿就坐吧，反正也不惹事儿。

就这样，花哥每天下班后都拿着瓶白酒坐在校门口喝，直到看见班花走出来吃饭她才回家。花哥从不过去跟班花说话，只是远远地看一眼就走。

高三那年，班花交了个男朋友，从此不再跟女生出来吃晚饭。花哥第一次看见班花的男朋友时，酒瓶举在半路忘了喝。班花朝花哥这边儿飞快地看了一眼，低头跟着男朋友走进餐馆。

花哥过了好一会儿才想起手里的酒，一仰脖儿全灌了下去。酒下肚，眼泪也跟着下来了。

第二天傍晚，花哥没有出现。

班花甩开男朋友拉她进餐馆的手，在校门口站了好久，四处张望，都没有看见花哥的影子。

七天后，花哥又出现在校门口，这次手里没有酒，而是一个信封。

班花和男朋友出现后，花哥捏了捏手里的信封，迎了上去。

“我能跟你说两句话吗？”花哥问班花。

班花用征求同意的眼神看着男朋友，那男生皱着眉头看了看花哥，又看了看她手里的信封。

“不行。”

班花眼圈儿一下子红了，花哥脸上的咬合肌紧了紧，低头咽了口唾沫。重新抬起头的时候，捏着信封的手也朝班花伸了过去。

“给你的。”

班花刚要接信封，却被她男朋友一把抢过去几下撕了个粉碎，然后摔到花哥脸上。

“真他妈变态！滚！”

花哥低头看了看满地的碎纸片，慢慢地蹲下去开始捡。班花看着花哥，捂着嘴开始哭。花哥捡了几下，突然像是想起了什么，扔掉碎纸片转身走进旁边的一家餐馆。

班花顿时一脸惊慌，连推带拽地让男朋友快回教学楼。那男生见好多学生围观，不肯丢这面子，死活不回去。这时花哥已经拎着菜刀从餐馆出来了，后面还跟着个手足无措的厨子。

花哥三步并作两步来到那男生面前抬手就剁，四周围一片惊呼。那男生和班花都已经吓傻了，两人站在那儿一动不动，只是瞪大了眼睛看着花哥。那菜刀终究还是没落下来，花哥在最后一刻停住了手，上前抱了一下惊魂未定的班花，把菜刀往地上一扔，沿着众人让开的一条路头也不回地走了。

从此花哥再也没在校门口出现过。

班花毕业的时候，花哥的父亲下岗了。

班花考上北京的一所名校，到外地读书去了。

花哥的父亲拿出所有积蓄买了辆捷达，花哥从此成了的哥。

花哥二十三岁的时候，父亲突然开始整日地剧烈咳嗽，去医院一查，肺癌晚期。父亲跟花哥说他没什么心思，就是想看花哥嫁人生子。

花哥说这事儿简单，三天后带回一个小伙子给父亲看，也是个开出租的。父亲对这女婿表示满意，于是两家约好时间碰了个头儿。小伙子的母亲对花哥这不男不女的范儿有些吃不消，但儿子表示就喜欢这样的，当妈的也只好同意。

俩人随即登记结婚，转过年花哥生了个女孩儿，孩子刚满月没几天，父亲就走了。

女儿两岁时，花哥跟老公离了婚。那男的为了以后好找对象没要孩子，女儿就一直跟着花哥。

今年，花哥的女儿上小学六年级。

一天女儿放学回来，跟正在做饭的花哥说三单元的哥哥跟家里出柜了。

花哥问女儿什么是出柜，女儿说，就是一个人跟大家宣布自己喜欢跟自己性别一样的人，然后得到大家的祝福。

花哥一怔，在围裙上擦了擦手，从钱包里拿出一百块钱让女儿去超市买点零食回来。

听到关门声后，花哥捂住脸号啕大哭。

04

孙不平

北京到了十月底，傍晚就凉得像一桶刚打上来的井水。

坐在小马扎上的孙不平正把一截自行车内胎摁进水盆里时，不远处响起高跟鞋的嗒嗒声。他下意识地把头埋得更低，继续在水盆里一截一截地倒腾着内胎。那声音终于来到他身边并开始渐渐远去，孙不平才从双膝间抬起头来。他看见一条有些起毛的裹臀裙，下面是两条套着黑丝儿的长腿，夕阳的最后一道光从那两腿间照过来，随着脚步交替在孙不平的脸上一下一下地晃动。

“哎哎哎，师傅，你这都看见冒气泡儿了咋还不补呢？”

直到站在一边儿抽烟的汉子嚷起来，孙不平才回过神儿：“嗯，我看看还有没有其他地儿漏气。”

“得了吧，赶紧补上我好回家吃饭！几点了都，没看小姐都上班了啊？”汉子使劲儿吸了口烟，把烟头儿扔到地上，一边拿脚碾着一边望了眼那女人的背影，“这女的在‘金玉良缘’干，我找过她，不贵，你攒个小半年也能去找她来一回，哈哈哈哈……”

孙不平闷头补胎。

汉子蹲下来拿胳膊肘儿捅捅孙不平：“哎，师傅，你一个月能赚多少钱啊？”

“没多少。”

汉子干笑一声：“啧啧，不open。”

车胎补好打足了气，孙不平从身边儿抓起一块脏抹布擦着手：“两块。”

汉子摸出钱包儿，手指十分灵巧地扒拉开那些零钱，抽出张粉红的票子递到孙不平面前。

孙不平看了眼那张钞票，又抬头看看那汉子。

“没零钱就算了吧。”

“哎呀，那怎么好意思，”汉子说着把钱收好推起车子，“谢谢哈，师傅！”

孙不平直了直腰，朝不远处望去，那儿的一个小门脸儿里透出粉红色的灯光，映在越来越黑的夜里，就像刚才自己面前那张崭新挺括的票子。

汉子的自行车轧飞了一颗小石子儿，打中路边立着的一个铁皮驴火店招牌，“铛”的一声，像是收兵的锣声。

孙不平把工具收拾到一个破旧的铁箱子里锁好，深一脚浅一脚地走远。

他本来叫孙平，当兵那会儿实弹演习时不慎伤了左腿膝盖，为了拼个典型，硬是死撑着完成了整个演习才去救治，结果伤势已不可逆转，落下个走路踮脚儿的毛病。尽管复员后拿了个奖状回来，可还是被人当面背后地叫成孙不平。

在家颓了一阵子，孙不平打算给自己找个营生。他踮着脚儿来到大街上，还没想好去哪儿，街对面儿修自行车的老头儿便一头栽倒在地，并且在孙不平抱着他往医院跑的半路上咽了气。

孙不平认为这是老天在安排他去修自行车，不然为何这个无儿无女的老头儿在街边儿修了几十年车子都没事儿，偏偏他一出现就犯了脑溢血呢。

“我操？孙平！你怎么跟这儿呢？！”

那天孙不平正低头儿一根根紧着车辐条，突然有个路人弯下腰嚷嚷着把脑袋伸到他面前。

抬头一看，是发小儿杨旭。

孙不平动了下左腿，终于还是没站起来："欸？你怎么回来了？我听三万他们说你去广州了？"

"咳，大上个月就回来了，现在哥们儿在一家公关公司当创意总监。"

杨旭说着蹲到孙不平身边儿，掏出盒烟给他叼好点上，又拿胳膊肘儿碰碰他："哎，你干这个一个月能赚多少钱啊？"

孙不平一愣，扭头笑着看了杨旭一眼。

"没多少。"

杨旭在鼻子里哼了一声："哎呀，真是经济腾飞了啊，修自行车的都开始对收入保密了。对了，那什么，我最近有个项目，你给出出主意。"

"哟，你们那些东西我可不懂。"

"你看，谦虚了不是？是这么回事儿平哥，我们公司要给一个男科老中医做推广，现在正弄那个宣传单上的文案呢，你给想句'死露根'。"

孙不平一脸茫然："……什么根？"

"嗨，就是一句话，概括一下这个男科老中医怎么怎么明白，怎么怎么牛×。"

"……这老头儿真懂这些吗？"

杨旭自己也点上一根烟："懂啊！什么都懂！"

孙不平鄙夷地笑了一声："懂个鸡巴！"

杨旭眼睛一亮。

"懂个鸡巴懂个鸡巴……哎，我去，这个好这个好！谢了哈平哥，回头请你吃饭！"

杨旭在孙不平背上拍了一巴掌后起身离开，没走几步又折了回来。

"不是，平哥，你怎么跟这儿修车啊？通州才几个人骑自行车啊？往城里挪挪，城里玩自行车的多。"

孙不平摇摇头："通州这边儿基本都是东北的，生性，车子稍有点儿毛病就往死里踹，踹得没法儿骑了就推来我这儿，有的是活儿。"

杨旭想了想，随后开始不住地点头儿。

"有韬略。"

眼瞅着天色一点点暗下来，孙不平手里的报纸开始看不清。他把报纸折起来放好，拿起地上的扳手扔进身后的铁箱子。

高跟鞋的声音从远处传来。

孙不平忙把报纸抓过来展开，眼珠子却使劲儿沿着上眼眶往外斜楞，难受巴拉地瞅着面前的路，等着那对黑丝儿长腿走过来。

黑丝儿女人面无表情地经过孙不平，走向那透出粉红色灯光的小门脸儿，身后是孙不平呆呆的眼神儿。

两个衣衫不整的女人从那小门脸儿里夺门而出沿街狂奔，黑丝儿女人下意识地也跟着转身跑起来。

小门脸儿里又蹿出俩男的，绷着脸抿着嘴使劲儿地追。

一辆警用面包车在街的另一头停住，走下来两三个穿警服的。

"别跑！过来坐下！"

孙不平冲跑过来的黑丝儿女人低声喊道，同时指了指身边儿的一把小凳子。

女人一愣，忙跑过来坐下。

几秒钟后，那俩男的十分矫健地跑了过去。

孙不平和女人一起抻着脖子往警车那边儿张望，只见先前那俩女的被堵住抓上了警车后，有人朝他们指了一下，随后带着两个人往这边走过来。

女人慌了神儿，想要起身跑，却被孙不平一把按住大腿。

“你跑不过他们。没事儿，就说你是来修车的。”

孙不平说着轻轻把旁边躺着的一辆坤车拽到自己面前，熟练地卸掉链子开始摆弄。

三个人很快到了跟前，其中一个问女人：“刚才你也跟着跑了吧？”

女人暂停了手机游戏，拢了下头发抬起头：“啊？”

“别装，你跟刚才我们抓的那俩是不是一起的？！”另一个说。

女人狐疑地看着面前这仨男的：“什么？”

“哎，师傅，这女的是来修车的吗？”

孙不平点点头：“嗯，我刚要收摊儿她就来了，我说明儿再来修吧，天黑看不见了，她说着急用，非得今儿修。”

最先问话的那位又上下打量一遍女人。

“骑自行车穿这么短的裙子啊？”

女人低头不说话。

孙不平扭头看了眼女人的裙子：“您不说我都没注意，现在的人真挺open。”

远处的警车响了下警笛。

“催了，走吧。”

三个人最后看了看女人和孙不平，走了。

“谢谢你啊师傅！太感谢了！”

女人起身，一边往下拽着裙子一边儿道谢。

“没事儿，赶紧回家吧。”

第二天，孙不平收摊时也没见那小门脸儿里面透出粉红色的灯光。

他揉了揉眼睛，扯下电线杆子上一张印着“祖传男科老中医懂个鸡巴专治各类男性疾病”的广告，擦了擦手上的油，锁好铁箱子。

转过身，孙不平看见那黑丝儿女人穿着一身瑜伽服站在那儿瞅着他。

“师傅，你觉得我好看不？”

“……嗯。”

孙不平把手里的广告扔到地上，那张纸被他团巴得只剩下“鸡巴”二字。

女人朝那团纸看了一眼：“师傅，你能娶我吗？”

“……嗯。”

除了杨旭，孙不平谁也没请。

一来呢，附近只有刚从外地回来的杨旭不知道这女人的底细；二来，孙不平本身也没啥朋友。

喝完喜酒不到一个礼拜，杨旭拎着一大铁笼子喜鹊儿神秘兮兮地来到孙不平的修车摊前。

“哎，哎哎，平哥。”

正往轴承里装砂子的孙不平抬起头：“吗呀？”

“嘿嘿，那什么，嫂子呢？”

“上班。”

“哟，上班啦？跟哪儿上班儿呢？”

杨旭把笼子往地上一搁，笑嘻嘻地搓着双手。

“就这附近的超市，怎么了？”

孙不平停下手里的活儿，歪头看着杨旭。

“不是，嘿嘿，我呀，听人说我这嫂子以前……”

“以前是小姐，”孙不平沉着脸继续干活儿，“你还想知道什么？”

杨旭赶紧掏烟：“平哥！我不是那意思，我对这个行业吧，一点儿成见都没有！真的，不但没成见，这个在我内心深处啊，还很喜欢，嘿嘿。”

孙不平后槽牙一咬，随手抓起身边儿一截内胎抡圆了抽在杨旭屁股上，疼得杨旭跳着脚地叫唤，把笼子里那些个喜鹊儿也惊得直扑腾。

“以后不许再提这茬儿，听见没有？！”孙不平瞪着杨旭说。

“咳，我真没别的意思啊平哥，我就是觉得你牛×，一下子商用转民用。”杨旭边说边揉着屁股，“平哥你手太重了，我嫂子但凡不是专业的，哪儿受得了这个。”

孙不平又把那截车胎举起来。

“不说了！不说了！平哥我就是顺道儿来佩服你一下，我这就走！”杨旭缩着脖儿拎起笼子就走。

“你逮那么多喜鹊儿干吗？”孙不平问。

杨旭把笼子又放下：“欸？我没跟你说吗？我现在做放生生意，啥活物都抓，然后拿去庙门口儿卖给拜佛的人去放生，等他们放完了我再给抓回来。”

孙不平直摇头：“缺德吧你就！”

“平哥，这你可就冤枉我了，我跟你说，要没我这生意，那帮孙子就得把旱龟往水里扔，要不就漫山遍野地放毒蛇，也不管这些东西是不是在这地儿生活的，反正一撒手就觉得自个儿功德圆满了。”杨旭踢了下笼子，“你再看看我这个，全是本地喜鹊儿，放出去连口音都不用适应，飞个三五分钟就到家了，多好。”

直到杨旭拎着笼子消失在他的视野里，孙不平都没想明白该怎么反驳。

第二年春节后，杨旭跑来找孙不平喝酒。

“没叫嫂子一起啊？”

见孙不平自己来了，杨旭显得有些失望。

孙不平在杨旭对面坐下：“我跟她离了。”

正在拧二锅头瓶盖儿的杨旭听到这句手上一抖，被划了道口子，他忙把手指头放嘴里吮了吮：“为什么啊？”

“放生。”

“什么意思啊？！”

“咳，跟她结婚这几个月我老琢磨，人家那么好看，怎么能甘心跟我过一辈子，不如趁她还年轻赶紧放生。”孙不平十分平静地说。

杨旭咽了口唾沫：“你说离嫂子就答应了啊？”

“没，”孙不平掏出烟和火机放到桌子上，“哭了，问我是不是嫌弃她，我说：‘别逗了，是我配不上你。’她不信，我说：‘那你就当我瞧不上你好了，我虽然瘸，但好歹是正经人。’然后她突然就不哭了，答应离。”

杨旭没说话，抠开孙不平和自己消毒餐具的塑料膜，把两个杯子都满上，一杯推给孙不平。

“平哥，我明白你的意思了，你牛×。”

夏天到了，之前那个总亮着粉色灯光的小门脸儿易了主，变成了个卖麻辣烫的小店。孙不平去吃过一次，不好吃。

杨旭的放生生意越做越大，还专门买了辆小货车。

这天，杨旭把车子停到孙不平的修车摊旁边，伸出脑袋来喊他。

孙不平看着杨旭直乐：“哟，你这车我可修不了！”

“没让你修车，平哥，你来，来，我告儿你个事儿。”杨旭在车上朝孙不平直招手，一副心急火燎的样子。

“吗呀非得我过去？我这腿脚儿不利索你又不是不知道。”

“这儿不让停车，我下去就得被贴条儿！你过来，这事儿没法儿大声说！”

孙不平无可奈何地站起来，踮着脚儿来到车子旁：“说吧。”

杨旭抿了抿嘴：“昨儿晚上我跟一哥们儿去找小姐来着，见着我嫂子了，哦，前嫂子。”

孙不平一愣，看了眼杨旭：“是吗？”

“那还能有错儿？！嫂子，不是，前嫂子也认出我来了。”

孙不平脸色沉了下去。

“不过平哥，我可没点前嫂子啊，不但我没点，我也没让我那哥们儿点。”

“那地儿在哪儿？”

“就双桥地铁站往东那个……”

“算了，你晚上带我去看看吧。”

“……好嘞平哥！”

孙不平下了车，顺着杨旭手指的方向走向一个门口亮着粉色小灯的洗头房，他觉得那莹莹的灯光好刺眼，忍不住抬起手来遮了遮。

他看到一个熟悉的女人坐在廉价的沙发上玩着手机，不由得站住了脚。

另一个女人打着电话开门出来找信号，看见孙不平忙收起电话：“哎呀，别跟外面站着啊大哥！进来，进来玩会儿呗！”

那女人说着就来拽孙不平的胳膊，孙不平赶忙挣脱了，转身踮着脚儿往杨旭的车子上跑。

“妈的，笑死我了！刚才外面有个男的就站那儿看，我寻思给拖进来结果把他吓跑了，还是个瘸子！”

那女人回到屋里，大声小气地说。

玩手机的女人听到这句话一下子从沙发上蹦起来跑出去，看见两盏车尾灯一拐弯儿就不见了。

“平哥你没事儿吧？”

“没事儿。咳，放生不就是让她做她想做的嘛。”

腊月里，杨旭又来找过一次孙不平，跟他说双桥那一片儿有个小姐让人杀了，据说是为了抢钱。

孙不平嘴唇有些哆嗦：“知道叫什么名吗？”

杨旭摇头。

“要过去瞜一眼吗平哥？”

孙不平拽着杨旭的胳膊站起来，想了想：“算啦，别去了。”

“为什么啊？”

孙不平没说话，杨旭顺着他的目光望去，街对面，一个穿短裙的女人骑着一辆坤车慢慢远去。

05

剃刀耿

小区附近的超市新开张的第二天，老耿在道边儿摆了个剃头摊子。

老耿满脑袋铁刷子毛儿一般的硬楂儿花白头发，身高能有个一米七五六，黑裤子黑布鞋，上身穿着件零八年奥运会的文化衫，五个古灵精怪有些掉色的福娃儿在胸前一字排开。

支好二八大永久后，老耿把一面脸盆大小的蛋圆镜子挂到路边儿的小树上，然后拽下肩上的白毛巾在小折椅上掸了掸重新搭好，又打兜儿里摸出盒点儿八的中南海，看了看往来的人群，敲出一根点上，抱着膀子有一口没一口地抽了起来。

烟烧到三分之二处，一白得晃眼的平头胖子挪过来。

“剃头吗？”

“剃！”老耿忙把烟掐灭，小心地塞回烟盒。

胖子低头看着小折椅瞄了瞄准儿，转身坐下，椅子被两瓣儿大屁股裹得只剩四条腿儿。

“剃光。”

“好嘞。”

老耿看了一眼胖子那沙皮狗一般满是褶子的头皮，从大永久车把上的布兜儿里拿出一把折叠的剃刀打开，伸出左手按住胖子的脑袋，食指拇指两边儿一分绷起块头皮，右手捏着剃刀就要削。

“哎哎哎！”

胖子打镜子里瞧见老耿手里的剃刀，一缩脖儿叫了起来，“师傅您没推子啊？”

老耿摇摇头：“使不惯那个。”

“手动的也没有？”胖子使劲儿扭头儿看着老耿，脖子上的皮肉都快拧成麻花儿了。

“我刚参加工作那会儿倒是用过一阵子，后来使不惯，就换剃刀了。”

胖子想了一下，俩胳膊支着膝盖一较劲站了起来。

“得，您这家伙什儿我看着不踏实，我这脑袋皮松，回头儿您再给我削一块下去。”

胖子说着抬腿就要走，老耿急了，抓住胖子肩膀硬生生又给他摁回到椅子上。

“今儿我还非得让你试试我这手艺不可！”

老耿这倔脾气也上来了，摁住胖子不撒手。胖子挣巴了几下，发现这瘦老头儿还真有点儿干巴劲儿，自己这么大的块头儿，愣是起不了身。

“剃个头多少钱啊，您这么卖力气？”胖子抹了一下鼻尖儿上的白毛儿汗。

“五块。”

胖子又瞅了一眼镜子里脑后那把闪着寒光的剃刀：“那您可慢着点儿。”

“放心吧您就。”

老耿抻开一块白布往胖子脖子上一围，拿夹子夹住，一扳他脑袋，使劲儿举了下右胳膊，把拘在肩膀上的文化衫扯开，三个指头捏着剃刀轻描淡写地在左手绷起来的头皮上一扫而过。胖子脖颈一僵，再也不敢动弹，老老实实地任凭老耿在他脑袋上刷刷地剃。

“行了！”

老耿拿毛巾左右掸了掸胖子的脖子，随后解下白布。

胖子舒展着筋骨站起来，对着镜子一摸脑袋，乐了。

“哟，您这手艺可以啊！以前国营理发店的吧？”

老耿笑：“不是。别废话，给钱。”

“脾气不小啊老爷子！”胖子一手掏钱一手继续摸着光头。

“呵呵，不是我脾气大，只是我以前拾掇的那些位都是不爱说话的。”

老耿说着接过胖子递过来的五块钱往裤兜儿里随便一塞，又从另一边儿的兜儿里掏出那盒点儿八来，拽出那根没抽完的烟点上。

很快，周围几个小区的老头儿们都知道这超市附近有个只使剃刀的理发师傅，甭管怎么理，哪怕捎上刮脸也是五块钱，纷纷跑来理发。

后来老头儿们索性在老耿的理发摊子旁边儿摆起了棋盘支起了牌桌，见天儿地聚在这里玩儿，有人觉得下巴毛糙了就往老耿的小折椅上一坐，舒舒服服地让他给刮上一圈儿。相对于剃头，刮脸的频率自然要高出不少，因此老耿也不是每回都收钱，隔三岔五地收个两三块钱就拉倒了。老头儿们心里觉得过意不去，就总给他捎吃的，今儿送一苹果明儿给个茶叶蛋，时间一长大家都混熟了。

“您看您这鼻毛，再不收拾过两天喝粥的时候它得比您嘴先够着碗。”老耿扶着一老头儿的脑袋望着他的鼻孔直摇头，胳膊一伸，手里就多了把小剪子，嚓嚓两下，“出气儿。”

仰着脖儿那老头儿闭上嘴一喷气儿，几根鼻毛楂子被吹了出去。

“老耿！”另一老头儿抱着个大冬瓜呼哧带喘地走过来往老耿那小折椅上一搁，“老耿！你来来这个！老听相声里说牛×的剃头师傅刮冬瓜上的白霜儿都不带伤皮儿的，今儿你也让咱哥儿几个开开眼！”

老耿看着那冬瓜直乐。

“咳，说书唱戏您也信，哪有那么神，我这一刀下去准得见白瓤子。”

老头儿急了：“别谦虚啊，玩玩儿嘛，怕什么！”

“我不是谦虚，是真来不了这个，您还是赶紧抱家去吧，待会儿您家那口子等急了又得当着我们面儿整治您，我们可都看腻了。”

老耿说着朝旁边儿几个老头儿坏笑，大家一起哄，那位抱起冬瓜走了。

“玩儿呢孙师傅？”

老耿一回头，见是那白胖子。

“咳，闲聊天儿，吗去啊？”

“去超市买点儿东西。”胖子说着打老耿身边儿经过奔不远处的超市走去。

老耿无意间瞥见胖子脑后有个结着血痂的大包。

“哟，怎么了这是？”

胖子知道老耿说的是什么，站住脚摸了摸后脑勺，又看了看其他几个老头儿。

“咳，别提了，我不是在那边儿路口弄了个烧烤摊子嘛，昨晚一点多我收了摊子往回走，经过工地那一段儿的时候没路灯，被人从后面给了一砖头，晕倒是没晕，就是倒地上起不来了，那孙子抢我装钱的腰包时我还跟丫支巴了几下，不过最后还是让丫给抢走了。”

旁边儿几个老头儿听了胖子这话都凑了过来。

“报警没？”老耿问。

“报了，不过我没看清那孙子长相，估计是逮不着了。”胖子朝老耿笑笑，“没事儿，只当是请街坊邻居吃串儿了。”

老耿绕到胖子背后看了看那处伤：“人没事儿就成，以后当心点儿。”

“得嘞老爷子，您忙着。”

胖子说完转身走了。

刚被剪过鼻毛的老头儿望着胖子那两人宽的背影啧啧有声："这小伙子人不错。"

老耿没说话，点上根点儿八，看着往来的行人发呆。

转过天，老耿刚支好大永久，就有人在他身后粗着嗓子说话。

"理发！"

老耿回头，见是一个黝黑壮实的汉子，三十来岁，头发有点儿长，后脑勺的发梢儿都杵着脖颈子了。

"坐。"

汉子叉开腿坐到小折椅上，老耿给他把白布围好夹住。

"平头？"老耿问。

"四周围剃光，就留头顶那一片。"

"哦，郭德纲那头型呗？"

"对对对！"

"好嘞。"

老耿拿出剃刀开工，剃了没几下，左手一不留神碰着了汉子后肩，汉子嘴里"嘶"的一声。

"哟，不是剃着您头皮了吧？"老耿赶紧问。

"没有没有，"汉子直摇头，"你别碰我肩膀那块儿，疼。"

老耿轻轻拽起汉子T恤的领子看了看，后肩上果然有三道抓痕。

"哟，您这是怎么弄的？"

汉子犹豫了一下："跟老婆吵架让她挠的。"

"哦。"

老耿又看了看那三道抓痕，放下T恤的领子继续剃头。

“多钱？”

“五块。”

汉子给了老耿十块钱。

老耿在兜儿里掏了半天，掏出四张皱巴巴的一块钱纸币递给汉子：“您等会儿哈，我记着还有个一块钱的钢镚儿。”

“哎呀，一块钱就算了。”

汉子揣起四块钱转身就走。

老耿看着汉子走出几步后，喊了一嗓子：“哎，您等一下！”

汉子一回头，老耿一抬手把一个一块钱的钢镚儿抛过去。

“找着了！”

汉子下意识地伸手一接，朝老耿点点头，走了。

老耿从兜儿里掏出汉子给他的那张十块钱钞票放到鼻子下面闻了闻，随后拿出手机，看了一眼旁边儿那堆老头儿，往旁边走了几步，开始打电话。

“赵儿啊，我老耿……好着呢生意，是这么个事儿，昨儿有个胖子去你们那儿报案了是吧？……怎么样，有线索没？……小案子就不破了吗？！……少来这一套！我给你们提供个线索，男的，刚在我这儿剃了一郭德纲的发型，身高在一米七八七九这块儿，方脸，长得又黑又结实，左撇子，右胳膊上文了个潘长江，应该就住在永华超市附近这个小区里，去吧。”

“耿爷！耿爷！”

傍晚，老耿正坐在小折椅上困盹儿呢，白胖子满头大汗地跑过来。

“钱找回来了吧？”

老耿睁开眼，笑眯眯地问双手撑着膝盖直捯气儿的胖子。

“是！是啊！哎？您，您怎么知，知道？”

老耿站起来把胖子摁到小折椅上。

“您都知道我姓什么了，估计是刚从赵所长那边儿过来吧？”

胖子皱着眉头捂着胸口使劲儿大喘了几口气：“是啊，是啊，耿爷您太牛×了，真的。您怎么知道是那人呢？”

老耿看了一眼旁边儿下棋打牌的老头儿们，胖子心领神会，马上把大脑袋凑过去。

“赵所长没跟您说我以前是干吗的？”

胖子把脑袋摇得脸上的肉乱飞：“他让我来问您。”

“这小子，”老耿笑，“那人来剃头，我瞧见他后肩膀头子那儿有抓伤，就问他这是怎么弄的，他说是被老婆挠的，我看了下那伤，绝对是老爷们儿抓的，一般女的没那么大手，除非他老婆是女篮的。那会儿我就已经开始怀疑他了，再加上之前我看您这伤口的位置和角度是左手拿着砖头砸的，所以剃完头我故意等他走出去几步再把找的一块钱钢镚儿扔过去，他想都没想就拿左手接了，还接得特顺溜儿。哦，还有，他给我那十块钱，一股子孜然味儿。”

胖子一脸敬仰地看着老耿。

“耿爷，您以前是刑警吧？”

老耿笑了笑，没说话。

“您这当刑警的怎么还有一手这么好的剃头手艺啊？”

“嘿嘿，天底下可不光只有理发师傅会剃头啊。”

胖子又一脸茫然。

“那您是？”

“法医。”

胖子打小折椅上“噌”一下站起来。

“怪不得您说您以前拾掇的那些位都不说话呢！”

老耿嘿嘿地笑。

“以后还找我剃头不？”

胖子想了想：“剃！等我头上伤好了！”

晚上，老耿和胖子坐在烧烤摊子旁边儿的小桌旁嗑毛豆。

“对了，耿爷，差点儿忘了，赵所长让我告诉您，那孙子胳膊上文的不是潘长江。”

“嗯？那是谁？”

“奥巴马。”

彩蛋：

赵所长坐在桌子后头，看着铐在对面儿的黝黑汉子。

“再没别的了？”

耷拉着脑袋的汉子摇摇头：“没了。”

“嗯，”赵所长翻了翻那几页笔录，“哎，你胳膊上文个奥巴马是什么意思？因为他也黑吗？”

“啊？哦，这不是奥巴马，这是泰森。”

赵所长起身绕过桌子来到汉子身边，抓起他的胳膊仔细端量，扑哧一声乐了。

“文这么一个多少钱啊？”

“六十五。”

“难怪像潘长江。”

06

徐九指

天刚亮，老徐就出了小区门儿，站在街上看着往来的人群车流舔了会儿后槽牙，然后把左手在裤兜儿里揣好朝潘家园溜达过去。

老徐今年六十上下，中等个儿，瘦，甭管老伴儿怎么给他加餐，那俩腮帮子总也鼓不起来。眼睛细长，还总眯缝着，倒是也有瞪圆发亮的时候，那准是见着钱财细软了。

看看碗摸摸瓶儿聊聊字画问问核桃，没多久这太阳就转到了脑袋顶上，老徐抬头望了望天，开始往回走。刚转过身，他的眼睛可就瞄上一人。

这人剃一小平头，在十二月的北京穿一件单夹克，脚上蹬着双特步，脖子上挂着一美能达的单反，正慢条斯理地离开一个卖古董的摊子。老徐稍微紧了紧步子，不远不近地跟着小平头，后者东看看西瞧瞧，最后在一个围观人数比较多的摊子前住了脚。

老徐也凑了过去，挨着小平头往里挤。

“瞧什么呢嘿？借过，借过借过，让我也瞜一眼。”

摊主闻声一抬头，见是老徐，顿时满脸堆笑：“哟，老徐！又来看我们赚钱啊？！”

老徐呵呵一乐：“今儿有什么新玩意儿啊？这么热闹。”

摊主一指摊子上公交车座位大小的木头匣子：“刚上了点儿核桃，您老不来一对儿盘盘？”

老徐搭着小平头的肩膀踮脚儿往摊子上瞅了一眼：“切，秋子儿啊，看不上。”

“得，老爷子您别地儿溜达去成不？算我求您！”摊主假装生气。

老徐笑着转身走开，手里可就多了个钱包儿。

“哎？！我钱包儿！……抓小偷儿！”

老徐走出去没几步，身后就传来一声喊，没等回身，肩膀已经被人一把抓住。

抓住老徐的正是小平头，他咽了口唾沫：“你别走！把钱包儿拿出来！”

“小伙子啊，这话可不能乱说。”

老徐转过身眯缝起眼睛笑呵呵地瞅着小平头，抬手要把小平头抓着他肩膀的手给扒拉下来，小平头以为他要跑，不但攥得更紧了，另一只手也伸过来抓住老徐的手腕子。

老徐努着腮帮子跟小平头较了几下劲，发现自己膂力实在不如人家，轻叹一声松了手，把两只胳膊冲着小平头和围上来的人一抬。

“他说我偷了他的钱包儿，现在我就让他搜一搜……”

小平头听老徐这么说，上前伸手就要摸老徐的口袋，却被老徐一把打开。

“哎，先不着急，小伙子，这钱包儿要是不在我身上怎么办？”

听老徐这么一说，小平头停了手，重新打量了一番面前这位个头儿不高的老头儿。

“那你说怎么办？”

老徐乐了：“要是不在我身上，你得让我也搜搜你。”

小平头咧开嘴哼了一声，看了看四周围的人：“老头儿，到这会儿还嘴硬呢？成！要不在你身上我就让你搜一回！”

小平头说着把相机背到身后准备搜老徐，可刚一弯腰就觉出不对劲儿来了。夹克衫右边儿口袋明显下坠，有东西。

小平头心里一惊，身子也随之一僵。再抬头看老徐时，那眼神儿里就少了许多跋扈，多了几分敬畏。

“还搜吗？”

老徐说着放下双手。

小平头摇摇头：“算啦，老爷子，都是误会。”

说完，小平头转身就要挤出人群，却被老徐打身后一把拽住。

“别走啊小伙子，事儿还没完呢。”

话音未落，老徐已经从小伙子夹克口袋里把一个钱包拿出来擎在手上。

“这钱包儿是你的吗？”

没等小平头回答，人群里就有人喊起来，“哎？！这不我的钱包儿嘛！”

老徐循声望去，只见一个蓄着络腮胡的消瘦汉子挤进来扬手打了小平头一耳光：“操你妈，敢偷老子钱包儿！”

络腮胡抽完小平头，伸手就要拿老徐手里的钱包儿。

老徐不慌不忙地把钱包往身后一藏：“说说里面有什么吧。”

络腮胡伸出来的手在空中停了一会儿，终于无力地垂了下去。他冲老徐点点头，转身分开人群走掉了。小平头捂着脸着急忙慌地跟上去，全然不顾背着的单反在一辆自行车车把儿上磕飞了镜头。

那镜头在地上蹦了几下后镜片儿也跟着跑了出来，滚到一人脚边儿躺好，那人捡起镜片儿一端量。

“操，塑料的。”

老徐捏着钱包儿折回去，拿脚尖儿轻轻踹了下一个戴着耳机蹲在地上聚精会神扒拉铜钱儿的胖子。

胖子费劲巴拉地扭过头，老徐把手里的钱包儿递过去。胖子看见钱包儿眼睛一圆，立马起身摸自己的兜儿。

“哟！这我钱包儿！”胖子戴着耳机，这一嗓子声动潘家园。

老徐一脸不待见地看着胖子：“你小点儿声儿，我刚才都让人当小偷儿逮一回了！”

胖子接过钱包儿拽下耳机：“不是，老爷子，怎么回事儿这是？”

“下次留点儿神，贼多着呢。”

老徐说完把手往裤兜儿里一搁，溜溜达达地走了。

胖子愣愣地看了看手里的钱包儿，又抬头朝老徐的背影儿喊了声“谢谢”，然后打开钱包儿翻了翻，发现没少什么东西。

“走运啊你，遇见这老爷子。”摊主说。

“啊？这老爷子是便衣吗？”胖子边说边把钱包儿揣好。

摊主一乐：“他可比便衣厉害。”

“您说说，说说！”

“这老爷子年轻那会儿是个特有名儿的佛爷，没他够不着的物件儿。有回别的佛爷在王府井偷了一有钱人家姑娘的包儿，他见人家姑娘好看，心里就喜欢上了，愣是把包儿抢回来给送了回去。”

“哟，这得惹了祸吧？”

“可不嘛，那姑娘是高兴了，老爷子那些个弟兄可不乐意了——吃里爬外啊这是，要说这老爷子也真下得去手，把哥儿几个约一起喝酒，临了儿去厨房拎了把菜刀出来，搁酒桌上剁掉自个儿左手一根小手指头，说洗手不干了。”

胖子摸着自己的手指头直咧嘴：“后来呢？”

“后来他跟那姑娘还真成了，老爷子不但不偷了，还落下个满大街偷得手的小偷儿然后把东西往回送的毛病。”

胖子下意识地摸了摸自己揣着钱包儿的那个口袋：“那他不遭恨啊？”

摊主撇撇嘴："可说呢，我们也劝他别管这闲事儿，可他说佛爷这行儿有规矩，他能把东西还回去是他的本事，对方只能怪自己手艺不精，不会报复他。"

"好人啊，好人。"胖子说着起身要走。

"哎，不再看看啦？"

胖子笑着看了摊主一眼："刚才有人偷我钱包儿你都不言语一声儿，我还看什么看啊？"

摊主一脸的委屈："哟，您这可就冤枉我了，别说我还真没注意，就真看见了，您说我这见天儿跟这儿练摊儿，我敢言语吗？人家不得给我黑的吃啊？！"

"你不是说他们都有规矩不报复吗？"

"咳，那是人家业内的规矩，跟我们凡人可不讲这个，"摊主说着回身抱出一个箱子打开，"今儿您来着了，我给您瞧几件好东西。"

胖子看见摊主从箱子里直往外拿东西，又饶有兴致地蹲了下来。

老徐回到家，站在门口儿脱掉羽绒服挂起来，顺手打内兜儿里掏出一袋豆浆丢到桌子上。

老伴儿端着盘菜从厨房出来，见老徐回来忙抬头看了下墙上的钟："今儿怎么这么早啊？我这刚拌好一个凉菜。"

老徐换好拖鞋边走边挽袖子。

"刚到潘家园儿就遇上活儿了，那孙子反应挺快，还想拿我当贼抓，后来看玩儿不过我就溜了。对了，还有个同伙儿，听口音东北的。东北的劫个道儿还差不多，偷东西这种细致活儿他们可不行。"老徐说着把正要往厨房走的老伴儿摁到椅子上，"你歇着吧，剩下的几个菜我炒。"

老伴儿刚坐下，又不放心地站起来："哎，你会炒吗？"

“你就踏实歇着吧！但凡手上的活儿我哪样儿差了？！”

餐桌上杯盘狼藉。

老徐和老伴儿并排坐在沙发上，老伴儿攥着遥控器十分有节奏地换着台，老徐则目不转睛地盯着电视看，眼睛都不眨一下，只是偶尔拿起桌上的茶壶对着壶嘴儿嘬上一口。

把所有台都换了一圈儿之后，老伴儿放下遥控器准备起身：“我去把桌子收拾了。”

“别介，你坐着吧！等会儿我再喝点儿，完了我收拾。”老徐一把按住老伴儿肩膀，“妈的，说周末回来吃饭，可真是吃饭啊，吃完就走，我心说把今儿的事儿跟他们讲讲都没机会。”

老伴儿伸手把老徐后脑勺上一撮儿在沙发靠背上蹭乱的头发弄顺溜：“孩子们乐意回来跟你吃顿饭就不错了，他们都有自己的生活，你当谁都跟我似的爱听你说那些个破事儿啊？”

老徐愣了愣，没说话，离开沙发重新坐回餐桌前给自己倒了盅酒一仰脖儿吸溜下去，然后拿起筷子咂摸了一圈儿最后随便夹了点儿什么搁到嘴里，若有所思地嚼着。

老伴儿走过来轻轻给他捏着肩膀：“要不你就听我的，以后别出去管闲事儿了。”

“咳，没事儿，他们要是动我那就是坏了规矩，不能够。”老徐说着搁下筷子摸着老伴儿的手，“再者说了，娶到你这么好的老婆，我不得多干几件积德事儿啊？”

老伴儿笑着不说话。

“哎，对了，下回那豆浆还得多热一会儿，今儿还没走到潘家园呢就凉了。”

“依我说你就弄个暖宝宝贴着呗，非弄袋儿豆浆揣着不可，什么毛病啊这都是。”老伴儿说着在老徐旁边儿坐下，把自己面前的一个小酒盅推到他面前。

老徐忙拿起酒瓶给老伴儿满上：“那东西是女人用的，我不要。”

“嘿你这死老头子可真够倔的。那成，明儿我给你多热一会儿！”

老伴儿说完跟老徐干了一杯。

过完元旦，这日子奔着春节可就去了。

这天，老徐吃过早饭，把老伴儿给他热好的豆浆揣在怀里护住自己那老闹毛病的胃，迈着方步踱出小区开始朝潘家园溜达。

“哟，徐老爷子，这么早啊？”

老徐闻声转头，冲跟他打招呼那位点点头：“年底了多留神啊，别让人当年货把你给办了。”

“咳，有您在我们还担心啥。”

老徐对这话很满意，正打算谦虚一下让对方再夸几句，眼神儿却扫见一个戴眼镜儿的小个子从一个摊子前离开，走了几步后把手机不动声色地递给一个有些面熟的络腮胡。后者拿过手机往兜儿里一揣，转身就走。老徐也顾不上闲聊，忙抬腿跟上。

这络腮胡东张西望溜溜达达总也不停下，老徐跟了他大半天也没找着机会下手，心里一急，紧走几步撞了络腮胡。

“哎哟！对不起对不起！您没事儿吧？”

见络腮胡子经这一撞并没把手从揣手机的兜儿里拿出来，老徐忙借着道歉上前动手动脚。

“干啥玩意儿，会走道儿不？！”

络腮胡子把老徐的手扒拉开定睛一瞧，面前这老头儿他见过。

老徐和络腮胡子面对面站着，都把眼睛慢慢地眯缝了起来。

络腮胡子往老徐身后看了看，又瞅了一眼老徐，掉头就往潘家园外面走。

老徐没动地儿，回头看了看刚才跟他打招呼的那位，对方大老远儿的冲他一挑大拇指。

老徐乐了，追。

出了潘家园，老徐见络腮胡已经到了马路对面儿，回头看了他一眼然后一扭身儿进了条巷子。

老徐深吸口气左右看看车，一溜小跑儿也跟了进去。

大冷天儿的，巷子里空无一人。

老徐放慢脚步边走边听着动静，什么声儿都没有。他在巷子里转了一会儿，确定自己把人跟丢了，有些懊恼地往回走。途经一个拐角处，先前那个戴眼镜儿的小个子突然蹿出来撞了老徐一下，嘴里骂了句“多管闲事儿的老不死”就跑掉了。

老徐朝他的背影望去才看见他手里还攥着把刀子，心里一惊，低头先看见羽绒服上面的洞，然后才觉得肋下一阵钻心的刺痛。他捂着肚子勉强挪出巷子，靠着墙慢慢坐到地上，感觉衣服下面有热热的东西流出来。

他疼得说不出话来，偶尔有人路过也没人上前扶他。只有个孩子跑过来问他怎么了，却被同行的母亲拽走。

老徐也不知道自己在墙根儿下坐了多久，反正伤口那儿没那么疼了，他试着站了起来，走了几步似乎并无大碍。他抬头看了看天儿，把气喘匀，朝自己家的方向走去。

老徐站在家门外，敲门的手举起来又放下。

他走出楼道，在小区里找了个长椅慢慢地坐下来，再也没动弹。

彩蛋：

老伴儿抱着个平板儿在沙发上刷微博，无意中瞧见一条微博说潘家园附近有一老头儿病了坐在地上无人施救，还配了张照片。她仔细一瞅，那老头儿正是老徐。

老伴儿趺趺撞撞走出单元门儿时，见老徐正坐在小区长椅上又哭又笑。

看到老伴儿下楼，老徐哭笑得更厉害了："孙子，一刀捅破了我的豆浆！我，我当是流血了，谁知道只是皮外伤！跟那儿坐了半天，后来能站起来了，我以为自己是回光返照，心说去了医院也救不活，不如回来看看你。到他妈家门口儿了，我又怕你看见我这样儿难过，没忍心敲门儿，坐在这儿等死的时候才闻见豆浆味儿！哎哎，老婆子你别哭啊！真的是皮外伤！"

老伴儿抹了两把眼泪几步走过去扶起老徐："走，打车去医院。"

"以后你还是给我贴个暖宝宝吧，豆浆太吓人了！"

07

横妹

我一直认为，要评价一个拉面馆子地不地道，首先要看里面的服务员横不横。

二〇一〇年夏天，刚回国的我在北京落地，朋友带着我横扫街面儿上能见着的传统食物。那天下午，我闹着要吃正宗的拉面，这位在电话里稍一寻思，告诉我在一号线永安里地铁站C口集合。到那儿之后跟着他往南走了一两百米，一头扎进华彬对面的小巷。

在那巷子里，有一家拉面馆子。

由于不是饭点儿，馆子里就我俩。我正东张西望呢，一个头发枯黄扎着马尾的小姑娘走过来，看着也就十七八岁，干瘦单薄。

“吃什么？”她问，说话声音像铁钉划过搪瓷杯子。

我要了一个小碗的宽面外加一个茶叶蛋，我哥们儿要了个大碗的毛细。

面正拉着呢，小姑娘先把那个茶叶蛋盛在一个小碟子里拿了过来，走到桌子前随手一丢，茶叶蛋蹦出碟子咕噜噜朝桌子那边儿滚去。我赶紧伸手抓住，心说回头给她一个责怪的眼神，结果发现人家都快走进后厨了已经。

我揉揉被她晃得生疼的双眼，开始吃茶叶蛋，咽下最后一口时，面来了。

摆在我面前的是一个大碗的宽面，我那朋友则看着一个小碗的毛细直愣神儿。

“等一下，面上错了。”我喊道。

小姑娘几步走回来。

“怎么了？”

“上错了，我要的是小碗宽面，他要的是大碗毛细，你们刚好弄反了。”

小姑娘面无表情地看了看那两碗面。

“对啊，是搞反了啊。”

“你们给上错了。”

“对啊，是上错了啊。”

小姑娘一脸不解地看着我。

我看看面，又看看她。

“……行，你走吧。”

小姑娘白了我一眼转身离去。

我气呼呼地开始吃面，朋友把脑袋从对面伸过来。

“将就吃吧，拉面馆子里的人都生性，再出来揍你。”

听完这话我马上就不敢生气了，和颜悦色地吃完埋单，赶紧走人。

转过年我找了个工作，就在建外Soho18号楼。

跟同事混熟了之后，我们开始一起吃午饭。吃了一个来月，终于吃到那家拉面馆子。

我依然是要小碗的宽面，幸运的是，这次没给我上错。我挑起面条刚要吃，坐我对面那同事不干了，他要的是大份的大盘鸡拌面，结果端给他的是小份的。

“服务员！”

同事拍着桌子嚷嚷。

还是去年那小姑娘，半拉年没见依旧是那种灰黄破败的末日范儿，一点儿没变。

“怎么了？”

“我要的是大份你给我上的是小份！”

“哦。”

小姑娘一阵风似的走了，转眼又带着风回来，手里拎着只大盘子，端起同事的那个小份的大盘鸡拌面，手腕一翻扣到大盘子里往他面前一搁，拿着小盘子扬长而去。

有去年那回事儿垫底，我倒是没太吃惊，可其他同事有点儿受不了，一个个撸胳膊挽袖子的就要找那姑娘理论。我咽下嘴里这口面，把上回朋友对我说的话跟他们复述了一遍，大家纷纷点头称是，于是消停儿吃饭，再也不愤怒了。

虽然出了这么档子事儿，但我们还都挺乐意去那个馆子吃饭，一是那家做的东西味道正经还成，再一个就是大家都多少带点儿猎奇的心态，总想看看那姑娘还能整出啥幺蛾子来。可惜连吃了小半年，除了偶尔多找钱之外没啥出彩儿的地方。

直到中秋节的前一天中午。

那天我们还没走到馆子门口，里面就斜着飞出一戴眼镜儿的小哥来，这人干瘪瘦小，穿件短袖衬衫跟扯了张帆似的。

小哥落地后扶了下眼镜儿，抬腿就往门里迈，脚还没落地，门里已经飞出另一只脚，正踹在他肚子上，小哥捂着肚子连退了四五步才站住。

再看门口，那高冷霸气的小姑娘已在那里站定。

“吃个面那么多毛病，不吃滚！”

小姑娘嘶嘶地说出这句话，转身往回走。

看见围观的人都冲着自个儿乐，小哥脸上有些难堪，顾不上好男不跟女斗，暴喝了一声“操”后飞身上前就要拼命。

小姑娘听见那声骂，停住脚步回头怒目圆瞪。

“找死啊？！”

小哥闻声直接中途变道，沿着马路牙子头也不回地走了。

大家哄笑，散了。

小哥走了百十来米后停下来打电话，瞅那架势好像要叫人。

这时打他身后过来三个四十来岁的糙老爷们儿，起的都是老炮儿的范儿。小哥光顾着打电话没留意身后，退了一步刚好踩着其中一个老炮儿穿着拖鞋的脚。

其实前面这两段儿都是我后来脑补的，我是听到那记响亮的耳光才回的头。

这一巴掌抽的，把小哥连同他那手机一起打飞了，手机砸到对面墙上磕了个粉碎，小哥在空中似乎还最后看了眼跟自己同样不走运的手机才落地。

三个老炮围上去就是一顿扁踹，小哥在地上哀号连连。

我跟几个同事面面相觑，最后我没忍住，战战兢兢毫无底气地喊了声：“行了，别打啦！”

旁边儿围观的人也纷纷表示不希望小哥再挨揍，但情绪和态度比我刚才那声喊还温柔。

仨老炮儿正打得起劲儿，身后响起一声暴喝。

“操！别打啦！”

三人跟着大家转头一看，黄毛儿小姑娘不知啥时候又跑了出来，噔噔噔几步就到了跟前，伸手就要拽那小哥起来。

旁边穿拖鞋的老炮儿一把捏住小姑娘的脖子把她往旁边儿一带，小姑娘像半扇屏风似的倒飞出去坐在地上，随后翻身爬起来一溜烟儿地跑回店里。

三个老炮儿乐了，回身继续修理小哥。

由于他们仨是围着小哥打，所以有一个老炮儿是脸朝着拉面馆子的。这位正打着呢，无意中一抬眼，吓得眼珠子差点儿没瞪出来，都没来得及喊，自己一个人掉头就跑。

其余两位一愣，心说这是看见啥了，回头一看，小姑娘拎着一把厚背斩骨刀正奔他们来呢。这俩人顾不上再跟小哥交流，撒腿就跑。穿拖鞋的那位跑不快，索性绕着旁边那家香河肉饼摆在道边儿的一张木桌子转。

小姑娘两眼血红，顺、逆时针各追了一两圈儿之后看准机会朝着那人按在桌子上的手就是一刀。那人本能地把手一缩，刀直接剁进桌子。小姑娘拔了一下没拔出来，先前跑了的那俩老炮儿正远远儿瞧着，一看这孩子刀拔不出来了，又往回跑想捡便宜。

见站在地上使不上劲儿，小姑娘一手攥着刀把儿直接蹦上了桌儿，蹲那儿双手一用力，愣把那刀拽了出来。

正往这边儿赶的那俩一看不好，掉头又往回跑。

之前跟小姑娘转桌子这位从身边儿抄起一个铁凳子举在胸前，小姑娘从桌上蹦下来抡刀就砍，这位拿凳子一挡，火花飞溅。小姑娘也没想伤他，朝那凳子连砍两下，那人腿一软坐到地上，带着哭腔儿直求饶。

小姑娘没再搭理他，过去把还在满地找眼镜儿的小哥拽起来，又捡了眼镜儿递给他。

小哥被人削得刚回过神儿。

“谢谢啊！”

小姑娘恨铁不成钢地看了他一眼，转身走了。

进店吃面。

小姑娘就跟啥事儿都没发生过似的来来回回忙着上菜收钱，我照例点了小碗宽面，我那同事还是要的大份大盘鸡拌面。

店里坐满了人，都时不时地拿眼瞅那小姑娘，眼神儿里充满欣赏和敬畏。

“哎，怎么称呼啊？”

小姑娘把面端来时，我忍不住问她。

小姑娘像刚才拎斩骨刀那样拎着托盘，上下打量了我一番。

“你傻×吗？”

08

小李飞枪

有一年快过春节的时候，我妈学校里几个老师一起凑钱买了头活猪回来，说是杀了大家分。为了省钱，几个男老师建议不请屠夫，说就不信几个大男人还弄不死头猪。

那会儿我正上小学，放了寒假之后就总跟着我妈去她学校玩儿。那天看到几个人把一五花大绑的活猪用小车往学校后院推，我就兴致勃勃地跑去看。

一教语文的男老师从学校食堂拎了把菜刀出来，直接被体育老师抢过来撇在一边，随后他从怀里拿出一卷报纸打开，里面裹着一把剔骨尖刀，说这是从他二叔那儿借的。体育老师把刀在手里掂了掂，又瞅了瞅案子上那头猪。那猪估计以前看见过自己同类挨刀子，愣了一下，随后嗷嗷叫唤，挣扎得更猛烈了。

体育老师走到近前，伸手想要按住猪头，谁知那猪一扭头儿吭哧就是一口，站在不远处的我清晰地听见了牙齿相碰的声音，这一口如果咬着了，体育老师以后就只能教标枪、铁饼这些单手项目了。体育老师吓得一缩手蹦到一边，大家哄笑，他觉得有些丢面儿，一探手在那猪的脖子上扎了报复性的一刀。

那刀扎得不深，但足够激怒这头大黑猪。

只见它几个挺身动作就挣脱了捆得极不专业的绳子从案子上滚落下来，脖子上流着血，定神看了看四周，随后朝着没有墙的方向号叫着冲了过去。

我当时都要吓尿了，哭喊着跑进教学楼回身拽上大门，然后就见一个硕大的黑影从门缝儿里一闪而过，我推开门探头去看，几个男老师手执棍棒、铁锹叫喊着追上去。他们让门卫大爷关上学校大门，在操场上与那头活猪展开了角逐。

我跑上三楼，趴在中厅窗户上往下看，只见一群拿着各色兵器的老师在满操场追打活猪。跑在最后面的是个教几何的老头儿，手里拿着一只在黑板上画圈儿的大圆规，跑两步就得歇一会儿。前面是几个体育老师，倒是跑得比猪快，只是追上了又不知道怎么办，往往是象征性地用手里的家伙在猪身上戳一下，像是在催它继续跑。有时候那猪也回头撵他们几步，这帮人就四散奔逃，猪见他们跑了，转身继续找出路逃生，这帮乌合之众就又吆喝着围了上来。

正在胶着中，一个身材矮小精干的男老师从教学楼里跑了出来，左手拖着一根镐头把儿，右手捏着一柄体育组新添置的铝合金杆儿的标枪。当时那头猪被逼在操场一角正跟几个跃跃欲试的体育老师对峙，几何老头儿一个人抱着圆规蹲在操场中间倒气儿。他直奔活猪而去，同时大喊“让开”，几个体育老师一回头，见他来势凶猛，忙闪开一条路。那猪也看出这人不是善茬儿，正要掉头沿着墙根儿突围，标枪已经飞了过来，大黑猪一缩头，标枪钉在它面前的地上，趁它一愣神儿的工夫，那个男老师已经到了跟前，双手抡起镐头把儿在大黑猪后颈部狠狠地砸了下去。大黑猪心里一声“哎呀我去”都没喊完就趴下了，虽然四蹄儿还在踢腾，但已经站不起来了。几个体育老师趁机一拥而上，骂骂咧咧地乱棍齐下。几何老头儿也挣扎着跑过来，拿着大圆规朝着大黑猪的屁股猛戳。

这个矮个儿的男老师，是个教物理的。

此人姓李，身高也就一米七出头儿，但身材比例很好，肌肉结实，走路很快。而且长得也不错，有点儿像阳光版的吴镇宇。那天投向大黑猪的惊艳一枪虽未命中，但却直接导致了大黑猪被撂倒，“小李飞枪”从此名震校园。

后来我上了初中，小李飞枪教我物理，那课让他讲得深入浅出，肥而不腻，居然能让我这种理科白痴都考出满分的物理测试。

小李飞枪是我隔壁班的班主任，对待学生绝对是“不抛弃不放弃”。一般来说每个班级都有那么一两个垫底儿的学生，基本都已经被班主任以及各科老师遗忘，只要不影响其他同学学习，你爱干吗干吗，不来更好。小李飞枪不这样，你不听课我提醒你听，你不会我放学陪着你学，你要是不来上课我就跟学生打听着找去你家。

有天放学，一哥们儿说附近新开了一家游戏厅，机器都是新的，而且这几天正在酬宾，一块钱五个币。我一听大喜，叫上几个小伙伴飞车而去。

到了之后我心急火燎地锁上自行车拽门进去，刚迈进一只脚我就傻了——小李飞枪和他班上的一个总不来上课的学生坐在里面。那学生还在不停地卖游戏币，敢情这游戏厅是那小子他家开的，小李飞枪正在家访。

我卡在门口进退两难，身后那几位也看见了小李飞枪，因为有我挡着他们的面孔没有曝光，这几个没义气的重新蹦上自行车转眼就没影儿了。

小李飞枪看见我，抬手瞅了一眼表：“骑得够快的，这才放学几分钟，来，进来吧。”

我硬着头皮走进去，站在卖游戏币的小桌儿前，就跟犯了错误去老师办公室负荆请罪似的。小李飞枪看了看我，扑哧一声乐了，从桌上拿了两摞共十个游戏币塞给我：“去玩儿吧，我跟我班学生再聊会儿，聊完了咱俩一起玩。”

我攥着游戏币转身朝那一排街机走过去，脑子里乱糟糟的，走了几步想起来没给钱，一转身正看见小李飞枪把两块钱硬币丢进那学生手边儿的钱盒子。我站在那儿愣了几秒钟，把心一横，玩。

玩儿了不一会儿，小李飞枪居然真的跑来跟我对打《侍魂》。熟归熟，毕竟是老师，跟他对打浑身不得劲儿不说，也不太好意思下死手。打了两局后发现这位蜀黍技艺十分了得，我横扫大连北三市的橘右京居然打不过他疯狗般的风间火月，直到我换上带条独眼哈士奇的加尔福特才勉强赢了一局。

“李老师，那什么……”准备回家的时候，我拧开自行车锁后回身叫住刚跨上车子的小李飞枪。

“放心吧我不告诉你妈。”他回头朝我笑笑，骑着车子走了。

小李飞枪的家访十分成功，那天之后，我每天都能看见那孩子来上课，精神状态也比之前好了很多。

期中考试后，身为物理课代表的我去小李飞枪的办公室拿考卷，见他正捏着班级成绩单直嘬牙花子。

“丁广一（就之前家访那孩子），语文56，数学58……唉，这孩子偏科啊。”

那天跟小李飞枪站在一起玩游戏的时候，我无意中发现他鬓角儿处的头发里有一道新伤痕，伤口附近皮肤的红肿还没退去。我随口问他头那儿怎么了，他摸了摸伤口，说不小心碰的。

我不信他的说法儿，回家跟我妈说了看见小李飞枪头上有伤，但没讲去玩游戏机，只说是在学校看见的。我妈听完叹了口气，跟我讲了个事儿。

小李飞枪他们家世代都是文化人，他爷爷是个书法家，父亲是大连某大学的教授，“文化大革命”时虽然侥幸没有受到什么致命的迫害，却因为成分不好一直被人歧视。

那年小李飞枪到了娶妻的岁数，可是谁也不愿意让自己家姑娘嫁给他，后来就有媒人上门，说有家姑娘不嫌弃他的成分差。那姑娘比小李飞枪大四岁，生得是膀大腰圆，在镇上弄了个摊子卖熟食，过日子倒真是把好手。小李飞枪没得选，就娶了。

婚后刚开始几年，小李飞枪着实让这钟馗般的媳妇儿伺候得爽歪歪，逢人就说俺老婆虽然不是美女，却勤快能干知道疼人儿，娶了她真是捡到宝。只是好景不长，“文化大革命”结束后，文化人儿的地位渐渐地有所回升，谁也不再拿成分说事儿。小李飞枪他媳妇儿觉得自己失去了“只有我愿意嫁你”的优势，开始担心他移情别恋跟自己离婚，整天盯着小李飞枪，但凡她认为有可疑之处就开始哭闹。小李飞枪一开始还哄，后来发现实在哄不明白就采取冷处理的办法，结果“女钟馗”的猜疑与愤懑没了出口，文斗升级为武斗。

别看小李飞枪能勇擒大黑猪，对他这位巡海夜叉般的媳妇儿是一点儿辙都没有，隔三岔五的脸上身上就得挂点儿彩。刚开始同事问他他还说是意外，后来日子一久谁都不信了，你一教初中物理的又不是搞极限运动，哪儿那么多意外啊。

有的老师气不过，劝小李飞枪离了算了，每当这时他总是“嘿嘿”一笑。

“她比我大四岁，离了婚我倒是还能再找，她这条件找谁去啊？那时候谁都不肯嫁我，她嫁给我了，这就是恩情，我不能翻身了就不要她。”

老师们一边佩服他，一边又替他不值，时间一长搞得大家也都有些神经错乱，渐渐地就不再提这茬儿了，偶尔看见小李飞枪脸上添了新伤，暗自感慨一下也就拉倒了。

高中毕业后我回初中走了一趟，经过一间教室的时候看见小李飞枪在里面讲课，我怕他看见我，望了一眼就赶紧走开了。他比当年憔悴了许多，头发也没有教我那会儿梳得仔细，讲课的声音倒是一点儿没变，还是那么清亮干脆，只是不知道他现在的风间火月还打不打得过我的橘右京。

彩蛋：

那猪，最后终于死在乱棍之下。

大家把它重新放到案子上，又都傻了眼——谁都不会剥皮开膛摘下水。之前那个拿菜刀的语文老师又把菜刀拎了出来，说干脆先劈开算了，吓得众老师差点儿把他也搁案子上。这要是依着他一顿乱刀下去，万一劈断了肠子把便便漏出来，之前不就白跟这猪打了半天架了吗？

没辙，到头来还是得请个屠夫。

屠夫来了一瞅，这猪没放血就挂了，以为是病猪，当场建议拖到学校后面埋了。大家赶紧解释说这是围殴致死的，猪本身很健康。

屠夫三下五除二地剥下猪皮，望着大黑猪满身的瘀青一个劲儿摇头。

“我杀了这么多年猪，没见过死得这么惨的。你们这帮老师啊……以后不能让我儿子来你们这个学校念书，心狠手辣。”

09

三眼神医许大夫

去年夏天，在大连的老爹打来电话，说自个儿左眼瞳孔粘连日趋严重得动手术，跟个小孩儿似的问我能不能回去陪他几天。正好那会儿我情绪低落急需服用海鲜，就很痛快地答应了。

动身前在大连哥们儿的微信群里问了一嘴哪家医院眼科好，一“人脉王”大哥蹦出来表示让我甭管了他安排。

“待会儿见着他你就知道他为啥做眼科手术最牛×了！”

医院电梯里，“人脉王”喷着唾沫星子跟我和老爹吹嘘，“我姥爷白内障手术就是他做的，那手法儿，绝了，跟刮大白一样刷刷几下就弄好了！”

“……当时你在边儿上看着吗？”我问。

“没有，我就说这意思。”

出了电梯，“人脉王”一马当先在前面带路，老爹在身后拉了拉我的衣襟儿。

“不会是个江湖骗子吧？”

我看了看这家医院十分上档次的装修。

“江湖骗子应该混不到这儿来，没事儿，跟他去看看，觉得不好咱就走，他总不能硬把你摁住动手术吧。”

老爹心神不定地点点头，跟我一起随“人脉王”走进一间办公室。

办公桌后面一个五十多岁的大夫起身绕过桌子往前迎了两步跟我和老爹握手。

“你好你好，我姓许，你们叫我许大夫就行。”

许大夫说完回身从墙角拎过来两把折叠椅子打开给我们坐，“之前这儿还有个沙发，后来我嫌碍事儿让他们给搬走了。”

许大夫一米七五左右，圆脸白净，有点儿发福，小肚子在白大褂下面微微隆起，眉心有块直立花生米形状的褐色胎记。

“其实你们应该叫许院长，人家是院长，不光是大夫。”

“人脉王”说着自己拎了把折叠椅子在我身边坐下。

许大夫斜了“人脉王”一眼，走到老爹跟前俯下身子，“对其他大夫来说我是院长，患者面前我就是大夫……左眼吗？我看看。”

没等老爹吱声儿，许大夫已经扳过他的脑袋用两根拇指把眼皮上下拉开研究起来。

“问题不大，常规手术，现在这个程度做正好。”

许大夫撒开老爹的脑袋回到桌子后面。

“挺着急吧？”

老爹揉了揉眼睛：“嗯，没法开车了快。”

“行，我尽快给你安排个技术好的大夫。”

“啊？许院长，不是你给我做啊？”

老爹一着急眼睛就瞪圆了，粘连的瞳孔都差点儿扯开。

许大夫无奈地笑笑：“我这手术都排到下个月了，你能等吗？”

我正犹豫呢，老爹在旁边儿直点头：“能等能等！”

“大哥你贵姓？”许大夫问老爹。

“免贵姓李。”

“李哥，这医院里的大夫基本都是我带出来的，你要是信得过我，你就可以相信他们。再说了，都来找我做手术，其他人得不到动手的机会，赶明儿我退休了咋办？”

老爹坐在我旁边儿把脑袋摇得跟要起飞似的：“不行不行，理发修脚什么的可以让徒弟练练手，我这是调理眼睛，必须得师傅！”

许大夫看了眼手表。

“这样，李哥，我待会儿还有个手术，咱就先聊到这儿。你的心情我能够理解，但医院这边的情况也得请你体谅一下，你先回去跟你……”

说到这儿许大夫看了看我：“这是你儿子吧李哥？”

我跟老爹一起“嗯”。

“像。那什么，你们爷俩儿回去再商量商量，”许大夫拉开抽屉翻出几张钉在一起的纸，“这是一些手术前的准备和注意事项，你们拿回去先看看，最好这几天就准备着，这样回头甭管我有空儿，还是你们想通了愿意让其他大夫做，咱就马上安排，怎么样？”

我转头看看老爹，老爹也没有更好的主意，就点了头。我起身接过那几张纸，道完谢带着老爹走出许大夫的办公室。

出了办公室我抬头看了看门牌儿。

“还真是院长办公室。”

“废话，我还能骗你啊？”“人脉王”一脸不容置疑的表情。

“哎，你为啥说这人一看就知道是眼科圣手啊？”

“……刚才你没看出来啊？”

“看出啥啊？”

“人脉王”伸出右手食指在脑门儿上焦虑地转圈儿比画着：“胎记啊！像不像二郎神的眼睛？你就说像不像吧？！”

“……是有点儿。”

“对嘛！‘三眼神医’就是他，大连地区有名儿的！”

“是吗？我咋没听说？”

“哦，目前也就我这么叫，还没传开。”

回到家，我开始想尽一切办法劝老爹让别的大夫给做手术，就在我准备满地打滚儿时，他终于同意了。

我打电话给“人脉王”让他帮忙跟许大夫约个时间。

一个小时后，“人脉王”打来电话，说许大夫有时间亲自做了，因为有个已经预约上的患者找了个更硬的关系已经前往北京某医院了。

老爹手术那天，“人脉王”也去了。

“五千少不少？”我问。

“啥？”

“红包儿。”

“操，可别给红包，他最烦这个。”

“那我要不给他红包我凭啥相信他能给我爸好好做手术啊？”

“人脉王”鄙夷地瞅了我一眼：“世道就是让你们这帮人带坏了。”

“什么都不表示合适吗？”

“……那你要实在过意不去你就给我！”

“滚！”

正说着，许大夫走过来。

“许大夫！”我迎上去，右手下意识地就往裤兜儿里伸。

“哎哎哎，干什么这是？别掏出来哈，掏出来这手术我就不做了，爱找谁找谁去。”

“没有没有，许大夫我就是挠挠腿。”

“你知道我说什么啊你就没有？！我都让你们这些患者家属愁死了快！”

许大夫没再搭理我，急匆匆地走了。

由于老爹的病例很典型，许大夫带了几个实习大夫一起进的手术室。

手术很顺利，许大夫表示住院一周就可以拆纱布了。

“刚才你们都看清楚了吗每一步？”

把老爹送到病房后，许大夫问身边的几个实习大夫。

几个小年轻儿连连点头说看得很清楚，许大夫颇有些得意，冲我和老爹打了个招呼后带人离开了病房。

第二天，我带着脑袋裹得跟独眼海盗似的老爹在医院花园里遛弯儿，老爹反复称赞许大夫手法轻盈一点儿都不疼。

“不疼是因为打了麻药吧？”

“那人家要是不小心把手术刀捅眼眶里肯定也得难受啊！”

“做个眼球儿手术能把手术刀捅眼眶里，干脆别当大夫去卖串串香好不好？！”

“什么串串香啊？这段时间别吃辣的啊！”

我跟老爹闻声回头，见许大夫正从后面走上来，冲我和老爹点点头继续往前走。

“哎，你那红包儿在身上不？赶紧给人家！”老爹用仅剩的一只眼睛使劲儿盯着许大夫的背影，生怕他跑了似的。

“在呢。”我说着掏出红包叫住许大夫。

“许大夫！那什么……”

许大夫站住脚回身看到我手里捏着的红包，眉头就皱了起来。

“……又来？”

独眼的老爹嘿嘿地乐着：“反正手术都做完了许院长，给你红包也不怕你报复了。”

许大夫也跟着乐，低头又看了一眼我手里的红包：“都不到一万吧？真的，你要是给我个三五十万的我就要了，这点儿钱太少，不值当。你们知道我一个月光工资多少钱？”

老爹独眼儿一瞪：“多少？”

“等眼睛好了再说吧，你刚做完手术不宜激动。”

许大夫说完坏笑着摆摆手走了。

一周后，许大夫又带着那几个实习大夫来到病房里，自己亲自拆纱布，让老爹先适应一下光线，过一会儿再测视力。

老爹坐在视力表前，身后站满了实习大夫。

许大夫用一支笔指着其中一个不大不小的图形用询问的目光看着老爹。

“看不清。”

许大夫的笔往上移了一行。

“看不清。”

又上移一行。

“看不清。”

再次上移。

“看不清。”

许大夫脸色有些不自然，指着上数第二行。

“看不清。”

围观的实习大夫开始交头接耳，许大夫看了他们一眼，指着最大的那个图形，用企盼的眼神儿望着老爹。

“还是看不清。”

许大夫把笔丢到旁边桌子上。

“这样，先把你爸送回病房然后来我办公室一下，我问你点儿事儿。”

许大夫说完起身走出眼科诊室。

“你爸平时喜欢吃大蒜吗？”

许大夫坐在桌子后面问我。

“特别喜欢。”

“哦？”许大夫眼睛一亮，拿起笔来准备记录，“每天都吃吗？一顿吃多少？”

“但是从眼睛不好之后就再没吃过。”

许大夫有些沮丧地放下笔：“烟酒呢？”

我点点头：“都沾。”

“哦？”

“嗯，但也都戒了好几年了。”

“咳……”

“是手术有问题吗许大夫？”

许大夫眉头紧锁：“按说不应该啊，你爸这是常规手术，这种手术我做了得有上千回，真是闭着眼睛都能做。”

“那会不会是我爸体质原因恢复得慢？”

“倒是也有可能，明天我再过去看看，你待会儿回去让你爸好好休息。”

转过天，不服气的许大夫来到老爹病房，依旧带着实习大夫。他给老爹的眼睛做了非常细致的检查，一切正常。

“走，测测视力。”许大夫搓着手说。

到了眼科诊室，老爹就跟复读机似的坐在那儿一个劲儿地“看不清看不清看不清”，测试结束时我看许大夫那表情已经快急眼了都。

“那什么，你爸平时爱撒谎不？”

许大夫把我拽到一边儿咬耳朵，看到我一脸惊诧的表情，又赶紧说，“不对不对，我用词不合适，应该是你爸平时爱闹不？他有没有可能在逗我玩儿？”

我撇着嘴摇摇头：“爱闹是有点儿，但应该不至于拿这事儿开玩笑。”

许大夫看起来有些绝望。

“那行吧，我再回去研究研究。”

说完，许大夫又过去拍了拍老爹肩膀：“从今天起，李哥，你的住院费我掏了！我就不信了。”

许大夫撂下这么句话，带着实习大夫们走了。

“爸，你没逗人家许大夫吧？”

老爹眼睛一瞪：“我逗他干吗？你以为我爱跟这儿住啊？我是真看不清！要不今早儿我能说你帅吗？！”

接下来的几天，许大夫再没带实习大夫来老爹的病房，每次都是自己一个人默默地走进来，默默地检查，记录，对照资料，然后叹口气收拾东西走人。

许大夫明显地憔悴起来。

老爹也开始着急上火，觉得是自己坑了许大夫，拿一只破眼毁了人家“眼科圣手”的美名。于是每天站在窗前看着对面的海练眼，说要帮帮许大夫。

那天我正在病房陪老爹吃早饭，许大夫兴冲冲地跑进来，丢给老爹一副眼镜。

“李哥！快戴上试试！”

老爹一愣，忙放下筷子戴上眼镜。

“哎？清楚！真清楚！怎么回事啊许院长？！”

“你这是散光！吃完了赶紧办理出院吧！我这大半辈子的口碑差点儿砸你身上！”

许大夫苦笑着开门出去，刚关上门又回身推开伸个脑袋进来。

“哎，小李，这散光镜是我爸以前戴的，算你二十块钱，回头记得给我！”

10

铁泥鳅

去年夏天回家，老爹说附近新开了一家海鲜馆子，菜整得很是了得，硬拽着我过去吃了一顿。菜倒是一般，但结完账下楼时遇见一人。

这人一米七不到，黝黑干瘦，跟我一样剃了个光头。当时我正下楼，他闷着头往上走，我一眼看见他头顶上那块橄榄大小、不长头发的疤。

“哎。”跟他擦肩而过的时候，我叫住了他。

他停下来看着我：“干啥？”

“啊，对不起哈，认错人了。”忘了就忘了吧，我也懒得叙旧，道了个歉就走了。

刚出门没走几步，他从后面追出来。

“峰哥！”

这人叫李秋，是我初中同学，同届不同班，当时在我们学校是个响当当的人物。

李秋出名不是因为有钱，他父母早逝，跟奶奶住一起，奶奶靠低保和假扮狐仙算命勉强供李秋上学，称得上家徒四壁；也不是因为学习好，初中三年，李秋的名次永远与班级和年级人数保持一致，读完一首五言绝句得用上两分钟；更不是因为能打，这货平时也就勉强能吃饱饭，岁数比我们大一岁，身体发育可比我们落后好几年，孱弱瘦小，扔个铅球能砸脚。

李秋出名，是因为“命贱”。

初二那年夏天，李秋不知怎么惹了当时学校里的一个混混，我看见的时候，他已经在挨揍了。那混混比李秋高出近两个头，还特壮，他双手揪着李秋的头发，用膝盖猛磕他的脑袋。那声音在夏天炎热安静的午后格外地让人毛骨悚然。

李秋开始还试图挣脱，但很快就没有任何动作了。那人见他没反应，自己也就撒了手，李秋随即一头栽倒在操场上，脸紧贴着沙土，鼻血慢慢在地上洇出一块暗红来。

打他的那个混混掏出根烟点上，在李秋身边蹲了下来，一边抽烟一边看着他。一根烟抽完，李秋睁开了眼，他吃力地把身子撑起来，跪趴在地上看着那摊血渍发呆。周围传来的哄笑声让李秋回过神儿来，他拽着花坛边儿的栏杆站起来，四下里看了一圈儿，像是在努力弄明白眼下的状况，最后，他看了一眼刚才打他的那位，转身走了。

"他是不是去找人了？"有人看李秋走出了校门，略带担心地问那个混混。

"除了狐仙他还认识谁？"那个混混说。

大家又是一阵哄笑，但这次的笑声到半路就戛然而止了，几个人诧异地望着校门口的方向。我也跟着回过头，只见李秋拖着根模样很可疑的棍子正朝这边走来。

等到李秋走得足够近了我们才看（闻）明白，那根棍子是从校门口菜地边儿上的化粪池里捞出来的。

那混混从地上一跃而起，跟着大家四散奔逃。李秋红着眼睛，嘴里发出瘆人的低吼，抡着屎棍子满操场地追打那个混混。前面那个按说也是打架无数身经百战，可后面这位满脸是血嗷嗷乱叫，手里还擎着一柄那么过分的兵器，除了跑实在没有别的办法。

李秋到底也没撵上那个混混，那人一溜烟儿跑出校门没影了。李秋出了校门最多也就捞根搅屎棍回来，那混混出去可真的是叫人去了。

晚上放学时，校门口黑压压围着一堆高中和社会上的痞子，都是之前跑出去那混混找的人。李秋走出教学楼往校门口一望就明白了，他一手插兜儿，一手拎着个铝制饭盒儿（我从来没见过李秋上学带书包，春夏秋冬、寒来暑往就只有这么个饭盒傍身），溜溜达达地朝校门口走去。

时至今日我都无法完全体会李秋当时的心情，无法理解他为何能拎着一个铝制饭盒悠闲从容地走向一群身体和年龄都比自己大好多而且拿着棍棒钢管的痞子。

被李秋撵过的那个混混站在人群最前面，朝脚下吐了口唾沫后用手里的棍子指着李秋："你个……"

开场白还没念完，一个铝饭盒砸在他脸上，饭盒还没落地，它的主人也跟着飞了过来，毫无章法地跟那混混扑了个满怀。我站在操场上迎着夕阳望去，两人的身影朦胧地抱在一起，像是一对久别重逢的恋人。

生活比电影狠多了，从来不给弱者安排大逆转的情节。

混混身后那群人一拥而上，十来秒钟的工夫李秋就不动弹了。两个人一左一右地拽着他的胳膊让他在地上半坐起来，那混混不知从哪儿捡来半块砖头，找了个最尖的角儿，狠狠地朝李秋脑袋上砸了下去。

李秋一声不吭地又躺回地上，他的血今天是第二次渗到沙土里。

李秋一个月之后才回来上课，到学校之后把饭盒往桌肚里一塞就奔自行车棚去了。那混混家境不错，骑了一辆特豪华的山地车，很好找。李秋把那辆车子从车棚里拖出来摔到地上，用脚踩用砖头砸，最后干脆抓着车把往篮球架上抡。

等那混混带着一帮人赶过来的时候，他的爱车已经变成一堆废铁了。

我隔着教室窗户看见几个人在操场的大树下围殴李秋，他像一只空麻袋一样被扔来踢去，最后，李秋突然死死抓住那混混的裤脚，连咬带撕的把那条裤腿儿扯得跟旗袍一样，又趁那混混弯腰揪自己衣领的时候拽住他的衣服故技重施。

等到李秋被打昏时，那混混已经露得比六线城市的车模还多了。

那会儿他们都说李秋疯了，因为他每天唯一的事儿就是红着眼睛找这个混混打架。当然，他是打不过人家的，但每次他都能把对方撕个袒胸露乳底裤走光。哪怕他被打成重伤，在家躺一个月回来还是这套，时间久了，那几个混混竟开始有点儿怕他。

最后，那混混主动找李秋和解，请他吃了顿饭，这场实力悬殊的争斗才算画上句号。

至此，李秋得了个“铁泥鳅”的诨号儿，附近不论在朝还是在野的地痞流氓都知道有这么一位，见着了无不敬而远之。

当然，哪儿都有不信邪的。隔壁高中有三个特铁的少年，受《古惑仔》感染结拜为兄弟，决意共富贵同进退。听说李秋这样儿的都能兴风作浪、独霸一方，心里十分不服，于是三人在某天下午把李秋堵到了一个死胡同儿里。

李秋左右看了看，发现靠墙立着个拖把，遂过去一脚踹掉拖把头儿，把那截木棍攥在手里。李秋可是拎着个铝饭盒就敢面对十几个持械地痞的人，现在有了趁手的家伙，哪还把对面那三个放在眼里。

李秋抡着棍子就冲了上去，对面那哥儿仨顿时就蒙了，心说剧情怎么是这个走向啊？！不是应该李秋逃无可逃跪地求饶，然后他们仨上前一顿扁踹吗？现在羔羊比群狼还凶残，这不胡闹嘛！

哥儿仨不知谁先掉头跑的，紧接着剩下那俩也跟着跑。胡同儿窄小，三个人磕磕绊绊地跑不快，跑在最后的那位让李秋一棍子抡在了后背上。那货一个踉跄，还没等稳住脚步，李秋又一棍子打在他脑袋上，直接就趴下了。前面那俩听到声音回身一看自己兄弟被放倒了，想要回来救，可瞅着李秋那丧心病狂的样子又不敢，俩人就这么站在不远处跟李秋僵持着。

李秋也不追，眼睛直勾勾地看着他俩，手里的棍子一下一下地往地上那位的脑袋上抽。

“操！上！”

其中一个喊了一嗓子，另一个得到鼓励，立马叫唤着就朝李秋扑过来。

李秋最喜欢叫唤了，李秋刚出道时就会叫唤。李秋怪叫一声迎了上去，之前喊“上”的那位被吓得站住了，另一位直接让李秋一棍子扫在太阳穴上，十分绵软地顺着墙根儿出溜到地上。

李秋单手支着膝盖喘了口气，再一抬头，剩下那位已经没影儿了。

李秋之前虽然打过很多架，但每次都是以他挨揍为主，以寡敌众并且大获全胜这还是头一回。李秋扔掉棍子，心中万丈豪情翻滚不已。

回家路上，认为自己身手已经十分了得的李秋试图单手侧身翻过一米多高的护栏，结果鞋带儿挂在了护栏的尖头儿上，他以镫里藏身的动作一头磕在地上，磕掉了四颗上门牙。

李秋去牙医那儿假模假式地说要装烤瓷牙，牙医一瞅这是一大活儿，当天就弄好了模子发往广州做牙，又给他装了个临时的牙套儿先凑合用着，结果李秋再也没回来。

从此李秋但凡要跟人交手，总是要先把那临时牙套儿拽下来揣兜儿里，咧着没上门牙的嘴朝对方乐，一般到这时候对方就已经崩溃了，那场面实在太惊悚。

李秋初三的时候，他奶奶去世了。

那天放学，我在校门口看见他堵着两个初一的孩子。

“借哥点儿钱呗，哥肯定还你们。”李秋虽然看起来属于强势的一方，可那声音里更多的是在乞求。

那俩孩子都认识李秋，知道这货跟谁都敢玩儿命，吓得直往后退。

“泥鳅！干吗呢？”之前那个被李秋拿搅屎棍撵过的混混带着几个

人走过来。

李秋看了看那混混："你别管。"

几个人把李秋围住，混混走到李秋面前："你是不是还想再挨一砖头？"

"行啊，只要给钱，随便打。"李秋说着从嘴里抠出牙套儿揣好，慢慢地坐到地上，"赶紧打完给钱，我要送我奶奶走。"

混混跟几个哥们儿互相看了一下，把兜儿里的钱都掏出来点了点，又伸手拿过其他几个人的钱叠到一块儿塞进李秋衬衫兜儿里然后把他拽起来。

"不够再跟我说。"混混说完就走了。

李秋望了一会儿那几个人的背影，从兜里掏出牙套儿吹了吹装上，突然"哇"的一声哭了出来。

现在，李秋就站在我面前，咧着嘴冲我乐，四颗烤瓷的上门牙在餐馆招牌的霓虹灯映照下闪着光。

"你比我大呢，我得管你叫哥。"

"不不，你是哥你是哥，比我高的都是哥。"李秋一把拉住我的胳膊，"这帮人叫我过来喝酒，没想到能遇着你，正好我也懒得上去，走，去我的烧烤店坐会儿！"

我只好让老爹先回去，自己跟着李秋来到一家小烧烤店。

"你剃了光头我都没敢认！你咋认出我的？"李秋从冰柜里拿出几瓶啤酒来。

"你头上那疤。"

李秋恍然大悟，笑着摸了摸脑袋。

"还那么生性吗现在？"我跟李秋过去没什么交集，实在不知道聊啥。

“咳，那会儿不懂事儿。”

我酒量不行，只能有一口没一口地陪着李秋。那天晚上他喝了不少，眼睛后来都没法儿聚焦了。

“你知道我那时候为啥那么猛吗峰哥？我想死，我觉得活着一点儿意思都没有，我就想让谁把我打死，赔我奶奶点儿钱，让老太太过几天舒服日子拉倒。真的，那会儿我真的特想死。”

一个矮小消瘦的女人从外面进来，刚好听到李秋这最后一句。

“你他妈一天天吃香的喝辣的你还想死？！你那熊样儿我看你一眼我都想死！”女人骂骂咧咧地走到吧台给客人结账。

李秋使劲儿转过头望了那女人一眼，然后回身给自己又倒了一杯。

“我媳妇儿。”

说真的，我从没想到李秋有一天也能笑得这么开心。

11

梁三儿

梁三儿开着辆破捷达哼着歌在路上飞驰，嘴里叼的那根烟随着含糊不清的歌词指来指去。

一个身段窈窕的女人拎着两个鼓鼓囊囊的黑色塑料袋在前方路边吃力地走着，梁三儿忍不住盯着她屁股多看了几眼，嘴角露出不正经的笑。

超过那女人后又开了一段儿，梁三儿在后视镜里见那女人把两个袋子扔在地上，自己坐着其中一个直捯气儿，就把车子停下来，慢慢地倒了回去。

“大姐！大姐！您去哪儿啊？咱们好像顺路，我捎您吧！”

梁三儿下了车把烟头儿一扔，朝那女人就喊上了。

女人看着梁三儿的圆寸和一对花臂，轻轻地摇了摇头。

“哦，这是套袖，防晒的。”梁三儿说着把左胳膊的花臂一揪，原来是套在上面的。

女人被他逗乐了，也就不再那么警惕。

梁三儿走过去帮女人把两个袋子放进车子后排座。

“不能放后备箱吗？”女人轻轻地问。

“啊？哦，后备箱太脏了，”梁三儿挠挠头，“您是想坐后排是吧？没问题！”

梁三儿说着把一个袋子拎出来放到副驾驶座上。

“姐，怎么称呼您啊？”

等红灯时，梁三儿扭头儿问。

“哦，我叫钱曼曼。”

“曼姐，你这姓儿太适合做生意了，哎，你是做什么的？”

“我在前面那个久寿河市场弄了个服装摊位。”

“哦？”梁三儿在后视镜里看了曼姐一眼，“巧了嘿，我也在那儿摆摊儿卖衣服！”

梁三儿说着又看了眼曼姐：“可我怎么没见过你啊？”

“我那摊位昨天才盘下来，这不今天刚进了点儿货嘛。”

“哦，新手，以后有需要帮忙的地儿尽管喊我哈，这片儿我熟。”

“那太谢谢了，哎，你这个文身套袖还挺逼真的。”

梁三儿看了下自己右臂：“哦，这条花臂是真的。”

梁三儿说完哈哈大笑，曼姐也跟着笑了起来。

曼姐的摊位就在梁三儿斜对面，在梁三儿的帮助下，她的摊子很快就开始正式营业了。

曼姐毕竟是女人，上货时的眼光比梁三儿强一些，很快就取代了梁三儿在久寿河市场“服装第一摊”的位置，这让梁三儿有些不太开心，但每当他坐在自己摊子后面看着曼姐在不远处忙来忙去的身形，就又觉得赚不赚钱都无所谓。

“三儿，这事儿不能再拖了，你看看你这几个月，还不如你之前一个月赚的。”

四个月后的一天晚上，老六带着俩人来找他喝酒，几杯下去之后，老六说出了上面那句话。

梁三儿不说话，拿着筷子闷头儿连着拣了十来个油炸花生米扔进嘴里，腮帮子鼓鼓的像只土拨鼠。

“说句话。”老六有点儿不高兴。

“我喜欢她。”

“谁？”

“曼姐。”

“曼姐是谁？”

“你们要挤走的那个摊主。”

老六看了看另外两个人，端起酒杯跟梁三儿碰了一下，没等他，自己一仰脖儿喝了。

“三儿，不管怎么说，你总得顾一头儿是吧？要么你把她办了，要么你得能赚着钱。你这个摊子当初可是哥儿几个一起凑钱支起来的，没问你要过一分钱吧？咱们几个你最聪明，嘴皮子好，大家伙儿就把摊子交给你管，大头儿你拿着，我们每个月就跟着混点儿零花钱。这个什么曼姐一来了可倒好，我们仨月没见着钱了，虽然也不至于就揭不开锅，但这事儿不合适啊。”

梁三儿开了瓶啤酒，拿着瓶子碰了一圈儿，站起来一口吹了。

“老六，这事儿你容我点儿时间，保证让你满意。”

梁三儿说完掏出两张百元票子搁到桌上转身走了。

老六看着那两张钞票发呆，坐他旁边那位说话了：“六哥，等他吗？”

老六慢慢地摇着头：“等啥呀，明儿你俩就把那娘们儿弄出去。”

梁三儿正在摊位下面鼓捣东西，隐约有女人的呼喊声入耳，他一激灵站起来跑出摊位，见昨晚跟老六一起的那俩男的正在砸曼姐的摊子。

梁三儿不及多想，回身抄起地上的折椅朝离他最近那位抡过去。

那人正把曼姐摊位上的衣服往地上扔，身后冷不防挨了一下子，捂着后脑一回身的工夫，第二下就到了，椅子腿儿正砸在脸上，鼻梁直接塌掉，捂住脸往地上一蹲再也不动弹了。

另外一位见是梁三儿，手上就停了动作：“哎……”

话未出口，已经被梁三儿一拳打倒。

“上来就要保护费，我都惊了，这都什么时代了，怎么还有这种事儿？”

梁三儿帮曼姐收拾着摊位，后者坐在椅子上仍旧一副惊魂未定的样子。

“没事儿，他们就是一时兴起想讹点儿钱花，你就踏踏实实的吧。”

老六坐在中间，旁边是那两个被梁三儿打得不成样子的倒霉蛋。

梁三儿朝他俩点点头算是道歉，把一个厚厚的信封扔给老六。

“摊子我兑出去了，车也卖了，全在这儿。”

老六拿起信封两手捏住掰了两下放到一边：“三儿，你这是何必呢？”

梁三儿摆摆手坐下，抓了两块桌上的菜吃：“没事儿，六哥，我也干够了。钱给你，往后咱们谁都不欠谁的。”

说完梁三儿起身就要走，却被老六在身后叫住。

梁三儿转身，刚才自己扔给老六那信封又飞了回来，他下意识地伸手接住。

“你拿着吧，干什么不得有本钱？回头你有了钱再给我，一次还清，之后再找你要一分钱我是孙子。”

梁三儿点点头，把信封在桌上敲了两下算是道谢，转身离去。

梁三儿去了南方，做起了服装批发生意。

转过年，他竟无意间遇见了来进货的曼姐，一问才得知，曼姐早已离开那个市场，在步行街盘下个门脸房开起了服装店。

“你自己跑来进货，店面谁照顾啊？”梁三儿问。

“哦，我雇了两个小姑娘帮我看着，平时我也不太在店里。”

梁三儿一脸坏笑：“不在店里在哪儿啊？男朋友家啊？”

曼姐笑：“哪有男朋友啊，平时就是去健身游泳，或者猫在家里上网看美剧。”

梁三儿笑得更开心了。

晚上，梁三儿请曼姐喝酒，几杯酒下肚，两人都变得格外健谈。

“哎，你怎么也没个女朋友啊？”曼姐喝酒上脸，此刻两腮绯红格外迷人。

“啊，没喜欢的。”

“是吗？不对吧？现在这好看的姑娘哪儿哪儿都是，怎么可能没喜欢的呢？”

梁三儿有些局促，一口口地喝酒：“真没有。”

“你那天帮我打架不是挺猛的嘛，怎么现在说个话这么扭捏。”

曼姐半眯缝着眼睛看着梁三儿。

“我喜欢你。”梁三儿含糊不清地说了一句。

曼姐俩眼瞪圆：“什么？”

梁三儿把杯子一举：“来，曼姐，干！”

曼姐摇头。

“你告诉我你刚才说的是什么我再跟你喝。”

“先喝。”

“先说！”

“喝！”

曼姐微微一笑，把脑袋朝梁三儿凑过来：“其实我知道你刚才说什么了，我就是想听句清楚点儿的。”

梁三儿脸一红，一口干了手里这杯。

“曼姐，我喜欢你！”

曼姐丢掉杯子扑过来，和梁三儿吻在一起。

梁三儿在步行街的入口下了出租车，急匆匆地往里走。

推开“曼曼服饰”的门，梁三儿脸上的笑容僵住了。

曼姐和一个男人坐在店里，那男人正抓着她的手。

曼姐把手从男人手里抽出来：“梁三儿，你怎么回来了？这是我前夫。”

梁三儿朝那男人点点头。

“没事儿，我回来见几个朋友，吃吃饭，正好路过你的店，心说进来看看，那什么，你们忙我先走了。”

梁三儿出了店门，随便找了个方向疾走。

曼姐从后面追上来：“三儿！”

梁三儿停住脚步回过身，硬挤出笑来。

“孩子让法院判给了我前夫，他来找我复婚，不然我就见不到孩子。”曼姐说着哭起来。

梁三儿搂住曼姐：“所以你只是想孩子，并不是真想跟他复婚对吧？”

曼姐在梁三儿怀里用力点着头。

老六看着面前的一大摞钱。

“三儿，我知道你赚着钱了，可这也太多了，一半就够，多的你拿回去。”

梁三儿仍旧闷头儿吃着油炸花生米，只是摆了摆手。

“六哥，你还得帮我办件事儿。”

“莫名其妙，他昨晚突然给我打电话，说不想勉强我，既然我那么想孩子，他愿意把孩子的抚养权让给我。天啊，跟做梦一样，他这人你是不知道，特难缠，这次也不知是怎么了，我现在特怕他突然反悔。”

曼姐坐在梁三儿对面兴奋地说着。

梁三儿则一直笑眯眯地看着她。

“曼姐，你真的比我岁数大吗？”

12

托尼薛

右手腕上挑着一只黑色的小手袋，托尼薛拢起膝盖扭扭哒哒地走出楼道。离垃圾箱还有五六步远的时候，他抬起右手轻轻掩住鼻子，左手用力把一袋垃圾甩出去。袋子磕到垃圾箱的沿儿，半拉西瓜皮从垃圾袋里钻出来扣到地上。托尼薛皱着眉头咬了下嘴唇，极不情愿地走过去蹲下来翘着兰花指开始抠西瓜皮的边儿，试图把它捏起来。

“我来吧。”

托尼薛把西瓜皮抠得挪出去快一米远的时候，听见身后有人说话。一个二十来岁的小伙子走过来把一根拐杖靠着垃圾箱立好，随后弯腰双手抓起西瓜皮丢进垃圾箱。

“谢谢啊。”托尼薛不好意思地笑了笑。

“没事儿，”小伙子把手在衣服上胡乱一擦，拽过拐杖塞回腋下，“哥你是干时尚的吧？”

托尼薛理了理刚才抠西瓜皮时弄乱的刘海儿：“哇，你好眼力。”

小伙子笑：“看你那裤子使劲儿箍着腚我就知道。”

托尼薛脸一红，白了小伙子一眼转身就走，走出去十来步又回头喊：“你知不知道这样说话很不礼貌的？！”

半拉身子已经探进垃圾箱的小伙子闻声又直起腰，“啊？你说啥？”

“……讨厌。”

托尼薛嘟囔着走出小区，在路边停住，拿出一面小镜子，对着阳光把鼻翼部位的粉底用中指轻轻揉匀，随后手腕沉沉地一扬，两步迈下马路牙子，屁股一蹲一探坐进出租车。

各色车辆在路上堵成一锅粥。

托尼薛不住地看着手机上的时间，在副驾上一个劲儿跺脚。

“要不您就这儿下吧，没多远了反正。”出租车司机看着托尼薛紧腿儿九分裤里露出的枯瘦脚踝，抠了两下鼻子垂手在座位下面一抹。

“哦，成。”

托尼薛看了眼计价器，按照上面的金额把钱递给司机，然后下了车猫腰扶着车门盯着计价器吱吱吱地出发票。

从司机手里接过发票后，托尼薛两步蹿到人行道上绷实了九分裤档玩儿命尥。他绕过鸡蛋灌饼车，跃过煮玉米的箱子，最后冲进一栋写字楼。

“……真的，我现在让你们弄得都没法儿跟这个世界相处了！”主编说着把手里的杂志卷起来敲了两下桌子然后丢到一边，“说不定中午你们举着杯拿铁从楼下星巴克出来的时候，我刚好摔死在你们面前！啪！肝脑涂地，从此与世上所有粗俗决裂！因为我受够了与你们这些浅薄粗陋的人为伍！谁告诉你们一件衣服可以又实用又时尚了？布谢特！实用和时尚是相悖的、是相克的、是水火不容的！你们是不是想把咱们杂志做垮啊？！谁允许你们接地气啦？埃兹厚！”

在座众人彼此偷摸递了几下眼色，谁也不吱声儿。

“Tony你过来。”

托尼薛正拿左拳顶着腮帮子发呆，忽闻主编呼唤，忙起身走过去。

“知道今天的温度吗？”主编问。

托尼薛摇头：“没看。”

主编扭头望着其他人：“谁知道今天多少度？”

“最高温度7度，最低零下5度。”下面有人说。

主编听罢伸手捏起托尼薛的裤腿往上一提，露出光洁的小腿儿。

“看见没？这么冷的天气，没穿秋裤！你们说他不冷吗？冷！当然冷！但是他知道，穿了秋裤就是跟时尚作对！就是跟自己的事业作对！”主编边说边用另一只手在身后把暗红色的秋裤边儿掖回裤腰里，随后沿着会议桌看了一圈儿，“都谁穿秋裤了？”

所有人都摇头。

“这就是‘己所不欲勿施于人’嘛！对不对？！记住我今天的话！散会！”

主编手一挥，目送大伙儿忙抱着各自的笔记本匆匆离去后才发现自己还提溜着托尼薛的裤腿儿，下意识地又看了眼他的小腿：“天天刮？”

托尼薛有些不好意思地摇摇头：“两天一次。”

主编点点头松开手：“矫枉过正，普瑞忒奈斯。”

托尼薛走进卫生间，看到垃圾桶里有两条秋裤，一条浅灰，一条藏蓝。

托尼薛拿出手机拍照后脱下裤子坐到马桶上，本来准备发朋友圈，想了想又关掉微信点开微博，最后微博也没发，进相册删掉了那张照片。

北京火车站的大钟敲完八下，托尼薛急匆匆来到出站口，找了个视野好的位置停住脚，掏出包湿巾抽出一张来把脸上的粉底擦掉。

出站口开始有人走出来。

托尼薛把湿巾扔进旁边的垃圾箱，又从手袋里翻出一双新袜子，扯开包装撕掉标签弯腰套上，刚把鞋子穿好，一抬头正看见一个老太太风风火火地拖着个行李箱从出站口挤出来。

“妈！”

托尼薛把手袋往肩膀上一拽迎了上去，接过老太太手里的行李箱。后者腾出手来直接在托尼薛裤腿上一捏，脸随之一沉。

“这大冷天儿的就穿一条裤子啊？！裤腿儿还那么短，你不是整天研究怎么穿衣服吗？就研究成这样啊？我看你这业务水平也不咋行啊。”

老太太摇摇头直接奔路边打车，回头又说：“明儿你给我老老实实把秋裤穿上，一大老爷们儿耍什么浪。”

托尼薛没说话，撇着嘴拖了行李箱跟在后面。

到了家，没等托尼薛换好鞋，老太太已经对着梳妆台研究起来。

“你不是说你没女朋友吗？”老太太说着拿起一个瓶子拧开闻了闻，“这啥玩意儿？”

托尼薛把一双拖鞋放到老太太面前：“妈你先把拖鞋换上。我是没女朋友啊，那是卸妆水。”

“没女朋友哪儿来的卸妆水？谁化妆？你吗？”

“哦，那什么，我们是时尚杂志嘛，平时也得研究个化妆啥的。”

“你画啊？自己给自己？”老太太回头看了托尼薛一眼，放下卸妆水又拿起一瓶香水拧了几下，“你倒是比在家那会儿白净多了……这个怎么打不开？”

“这是摁的。”

“哦。”老太太拇指攀上香水瓶顶端一用劲儿，噗！

老太太大叫一声把香水瓶一扔，捂着眼睛蹲在地上就不动了。

托尼薛赶紧把老太太拽起来扶进洗手间。

窗外还灰蒙蒙呢，卧室门外就传来旭日阳刚版的《春天里》。

躺在床上的托尼薛睁开眼，摸过手机一看才六点多，他叹口气坐起来，定了定神然后翻身下床。

客厅里，老太太一身短打正在跳广场舞。

托尼薛揉着眼睛走出房间："咋还有拿这歌儿跳广场舞的。"

"我编的舞，你妈厉害不？早点在桌上。"老太太蹦跶得呼哧带喘。

"这歌儿不适合你们老年人啊，一会儿埋这儿一会儿埋那儿的。"托尼薛在桌子旁坐下，抓起一根油条开始吃。

"你懂个啥？这叫洒脱，活明白了才有这境界。哎，等下给我化个妆，我上午打算去趟王府井。"

"哦，好。妈你啥时候走啊？"

老太太扭头朝托尼薛翻了个白眼儿："今晚的票。你当我乐意跟你这儿待呢，还不是你爸非让我给你送这些东西过来不可。哎，对了，中午我就不回来了啊，跟网友吃个饭。"

"叮！"

电梯门打开，还没等托尼薛迈步进去，老太太从家里跑了出来。

电梯里三男两女面无表情地看着托尼薛双手扒着电梯门挣扎了一下，然后被个画着浓妆的老太太拽走。

"又没穿秋裤吧？"老太太把托尼薛往屋里一搡回身关上门。

"妈，我不冷。"

"不冷？还没出去呢嘴唇都冻紫了，你跟我说不冷？赶紧穿上，不然别想出这个门儿！"

托尼薛出了电梯，把秋裤的边儿仔细地掖进裤腰。走出楼道时，见那个拄拐的小伙子已经在那儿翻垃圾箱了。他站在那儿看了几秒，转身又回去。

再次出来时，托尼薛手里拎着一个装满空易拉罐的袋子。

“给。”

小伙子闻声回头，看见托尼薛手里的袋子眼睛一亮，忙接了过去：“谢谢谢谢！”

“没事儿，这么早啊？”

“我腿脚不好，不来早点儿啥都捡不着啊。”

托尼薛点点头，掏出盒爱喜叼上一根点着：“你抽吗？”

“抽不惯你那个。”小伙子说着搁兜儿里摸出根都宝点上。

“我看你总在这一片儿哈？你们也分区负责吗？”

小伙子使劲儿嘬了口烟，吐净之后把烟卷儿咬在嘴里，支好拐杖伏在垃圾箱上继续扒拉：“嗯，主要是太远的地方我也没法儿去。”

托尼薛抱着膀子，一只手夹着烟举在脑袋边儿，看着在垃圾箱里折腾的小伙子发呆。

小伙子从垃圾箱里拽出个宜家的购物袋，抬头看见托尼薛拿着劲儿站在那儿忍不住乐了：“哎，哥，你整天装娘炮累不？”

托尼薛一愣：“嗯？”

“真gay很少有娘成你这样儿的，你一看就是用力过猛。”小伙子说着从购物袋里翻出一个八成新的电吹风。

托尼薛故作不屑地冷笑一声，目光落在那电吹风上：“还真是什么都有人扔，坏的吧？”

小伙子一摁电吹风开关，啥反应没有：“哟，哥，真让你说着了，没风儿。”

“是吧？我就说嘛。”托尼薛颇有些得意，吸了口烟歪头儿朝旁边儿一吐。

“哎？不对，没插电呢。”

托尼薛有些尴尬，咳嗽了一声把半截爱喜在垃圾箱上摁灭扔了进去。

小伙子赶紧把半截爱喜捡出来装自己烟盒里，“抽不完别扔啊，浪费。”

“你不是抽不惯这个吗？”

“早上起来抽，凉丝丝的就当刷牙了。”

托尼薛嘬了嘬牙花子：“你这一天天的也回收不少东西啊。”

“那可不，”小伙子说着把电吹风的线缠好装进自己的蛇皮袋里，“别看我们干的这活儿不体面，可我们真有用啊。这么说吧，我们就是这个城市的秋裤。”

托尼薛下意识地再次伸手到身后往裤腰里捅了捅秋裤：“我上班了，回见哈。”

小伙子点点头：“回见，哥！”

托尼薛走出去两步又折回来：“我装得很明显吗？”

小伙子笑：“哥，后现代这片儿挺多小演员的，你跟他们差不多，看着都活得太使劲儿了。”

“你腿怎么弄的？”

“下回吧哥，下回告诉你。”

小伙子说完又一头扎进垃圾箱。

托尼薛在路边连着拦了几辆出租车都不停，一急眼跳上辆三蹦子。

车主是个干瘪的小老头儿，他开着三蹦子在早高峰拥挤的车流里穿梭飞驰，像是石头堆里的一条泥鳅。

“师傅您慢点儿！”托尼薛紧紧攥着座位上的小扶手。

“啊？”老头儿回头。

“我说您慢着点儿！”

“什么？”

“你慢点儿！”

“啥？听不……”

老头儿话没说完，逆行的三蹦子迎面撞上了一辆金杯。

三蹦子顷刻间化整为零，托尼薛右胳膊挽着手袋左胳膊搂着老头儿，两人跟三蹦子的零碎儿们一起扑向金杯。

老头儿一脑袋磕在挡风玻璃上，随后滚落在地满脸是血一动不动。

托尼薛落地后尚能坐直，他想站起来，右脚脚踝却钻心地疼，低头一看，一片三蹦子上的玻璃碴子扎在那里。

金杯上下来三个人，先把托尼薛拖到路边。一个胖子又贴着老头儿的鼻子听了听，见还活着就都松了口气，抬起来往托尼薛旁边一搁上车走人。

托尼薛拿出手机先拍了金杯的车牌然后打电话报了警，想了想，又拨通主编的电话。

主编举着手机从办公室里撞出来。

“……你坚持住！保持冷静和体面，我们马上就到！”

主编挂掉电话：“Tony撞车了，就在楼下不远，现在早高峰估计救护车一时半会儿也过不来，大家……”

主编话没说完，已经有人起身跑出杂志社。

“Kevin！你今天这是什么搭配？！哪有穿黑裤子配白鞋的！妈的你回来！戴美特！”主编跺了下脚，跟着大家一起往楼下跑。

托尼薛坐在路边自拍了几张，选出一张最满意的发朋友圈：“每次坐三蹦子都是一次对生命的亵渎。”

他再一次看了看脚踝的伤，一眼瞥见露出的秋裤。托尼薛眼神一惊，忙抻着脖子朝杂志社的方向望去，见主编和Kevin等人正远远地跑过来。

托尼薛捏住那块玻璃碴子一咬牙拔出来扔到一边，挣扎着爬起来撒腿就跑。

主编带着人赶到时，地上只剩下个昏迷不醒的老头儿。

“Tony？Tony！”

Kevin一边喊着一边趴在老头儿身上又是捶胸又是做人工呼吸。

主编低头看了一眼：“你没看他穿着秋裤吗？这不是Tony。”

Kevin把老头儿脸上的血擦了擦，发现果然不是，正要起身却被主编摁住：“不是Tony就不救了吗？时尚以人为本！”

Kevin只得继续折腾，进行到掐人中环节时老头儿终于醒了。

主编赶紧俯身：“你们是两个人出的事儿吧？”

老头儿点头。

“另一个人呢？”

老头儿左右看了看，摇头。

主编直起腰，四下张望，一脸茫然。

“不是，大夫您啥意思啊？我这脚长不好了吗？”

托尼薛擎着脚神色惶恐地看着对面的大夫。

“也不是说一定长不好，本来应该没什么问题，但是你筋腱受伤还剧烈运动，留下后遗症的概率高一些。”

“……啥后遗症啊？”

“哦，你不用紧张，没大碍，就是可能以后走路得拄拐。”

“那还没大碍？！”托尼薛一着急，那只伤脚正踹在大夫胸口，把两人都疼得直咧嘴。

大夫揉着胸口朝托尼薛翻白眼儿："你都伤成这样了还医闹呢？不用拄双拐，最多单拐就够用。"

托尼薛不再说话，看着被剪开的秋裤发呆。

托尼薛拄着拐杖从楼道里出来，迎面碰上同样拄拐的小伙子。

小伙子有些惊讶："哥我知道，你们干时尚的有时候得装娘炮不然人家不认，不过你这装瘸是因为啥啊？"

"我是真瘸了。"

"啊？咋整的啊哥？"

"秋裤闹的。"

小伙子还想继续追问，可托尼薛已经继续往前走了。

走了几步，托尼薛忽然想起点儿什么，回头喊住小伙子。

"哎？"

"怎么了哥？"

"我记得你之前拐杖一直拄在右边儿啊？今天怎么换左边儿了？"

"哦，右边儿胳肢窝磨破了，疼，就换左边儿了。"小伙子笑着挠挠头。

"……你到底瘸哪边儿啊？"

"我哪边儿都不瘸啊。"

"不是，你……"

小伙子有些不好意思："我这也是职业需要，人家看我残疾，能多给我点儿东西。"

托尼薛看了看小伙子斜支在拐杖上的身子，苦笑着摇摇头："好使吗？”

“好使啊，你不就经常给我些瓶瓶罐罐废纸壳儿嘛。”

托尼薛点点头，转身走了。

“对了哥。”

“嗯？”托尼薛回头。

“那电吹风，没坏。”

托尼薛呵呵一乐，一瘸一拐地走出小区。

彩蛋：

“当时那大货车离孩子就十来米远，我撇下摊子跑过去把孩子抱起来扔到马路牙子上，大货车根本刹不住，直接……”小伙子说到这儿拿手在自己右腿上一拍，叹了口气。

胖婶子一手拎着袋水果一手捂着嘴，眼睛里有泪水在转啊转：“这水果你拿着，拿着！以后我家有啥不要的我都给你留着！这孩子，心多好啊。”

胖婶子把袋子硬塞给小伙子，转身抹着眼泪走了。

“我说今儿这兄弟我是保定了，你们要觉得亏得慌，”小伙子说着一拍自己左腿，“这条腿你们拿走，这事儿咱们就算了了，行不行？”

一姑娘瞪圆了眼睛站在小伙子对面：“那后来呢？”

小伙子洒脱地一笑，把刚翻出来的一个瓶子拧开倒干净里面剩的饮料后扔进蛇皮袋：“后来他们打断我这条腿，也没再找我兄弟的麻烦，值了。”

姑娘深吸一口气，敬佩地望着小伙子。

13

旗袍姐

二〇一〇年夏天，刚回国的我跟大连各个圈子里的朋友吃饭，吃到小学同学那一拨的时候，有人在饭桌上提起胡小玲。

那是个傍晚，蚊子初上的大排档，一群人围坐在街边胡乱嚼着海鲜，桌子下面的啤酒瓶时不时被踹倒。

“回国咋打算的啊峰哥？”有人挠着蚊子包问我。

“去北京混。”

“啊，去北京啊，北京好，哎，旗袍儿姐也在北京呢，你等会儿哈，我给你找她电话。”那人吮了吮手指头，跟桌子上找了团儿稍微干净点儿的纸巾擦了擦手，掏出手机开始翻通讯录。

“旗袍姐？谁啊这是？”我问。

坐我对面儿一哥们儿起身捏着杯啤酒走到我跟前：“胡小玲啊峰哥！来，十多年不见你都秃了，咱哥儿俩喝一个！”

“这是我自个儿剃的……”我跟他碰了下杯子，顺着那个名字在回忆里一直翻到小学。

说起来，刚入学的时候胡小玲跟我还坐过同桌呢，只是当天下午她就因为个儿高被调到后面去了。

胡小玲是国字脸，小眯缝眼儿笑起来会变得很弯，终日挂着两道鼻涕，跟人说话的时候才偶尔吸溜一下，平时就任由它们对着她的小嘴儿跃跃欲试。

也许因为她是鼻涕虫儿的缘故吧，我小学六年基本没跟她有过什么来往，若不是有次手工课她的飞机因为两侧机翼重量不均衡总也飞不好，懒得回教室的她直接掏出五块钱抹上胶水贴上去，我可能现在都记不起她的样子。——那可是八十年代末，一个小学生手里竟然有五块钱。

胡小玲没考上高中，去了一个什么技校。我高二时她曾经来我们学校找她的姐们儿玩，穿了一身可能来自她姥爷的褐色中山装，白色旅游鞋，脑袋后面扎着羊角辫儿，十分厚实的粉底一直抹到脸两边儿的咬合肌，打眼儿一看像是戴了个白色的面具。

我在走廊撞见她，聊了几句，说了什么我早都忘了，只记得她手里那个人造革的公文包四角儿都磨得露了布。

一九九九年夏天，我跟一哥们儿骑着自行车在街上瞎晃，冷不丁看见前面有一穿着旗袍高跟鞋梳着发髻的女人婀婀娜娜地走着，那屁股扭得简直让人腿软。

我们心照不宣地加了速，很快超过那女人然后毫不掩饰地回头打量。

是胡小玲，虽然脸儿基本没变，但已经知道打粉底连脖子也捎上，不再有那道泾渭分明的分界线了，长发也十分有效地遮住了国字脸。她认出我来，微微一笑，抬手朝我挥了挥，而我则极不自然地笑了一下，然后使劲儿蹬起了车子。

“那女的你认识啊？！”哥们儿从后面撵上来。

“小学同学。”

“身材挺好啊！下车跟她唠会儿呗！”

我斜了他一眼：“咱俩穿着大花裤衩子就别惦记泡穿旗袍儿的了行不？”

“找着了找着了！我念你记一下！”要给我找胡小玲电话的那个人说着推了我一把。

“哦，”我赶忙掏出手机记下了那串号码，“为啥叫她旗袍姐啊？”

“一年到头穿旗袍呗。”

“冬天也穿啊？”

“冬天加个貂儿！”

到了北京，仍然是转着圈儿地一通儿吃，末了，我想起了胡小玲。

打电话给她，直接报上大号，谁知她竟然还有印象。

“啊，我记得你！作文特好但是总不写作业的那个是吧？”

“呵呵，对。”

“给班主任画裸像的是你吧？”

“……呃，对，那个也是我。”

“没事儿老上何丽家写作业还偷看她洗澡的是你吧？”

“没有没有！那是赵军！”

“啊？不是你吗？我怎么觉得小学那会儿全班的坏事儿都是你干的呢？”

“我哪有那精力？”

“哦……我在三里屯呢你过来吧，等我把地址发给你哈。”

没给我拒绝的机会，对面直接挂掉电话，随即短信就来了。我琢磨着反正自己眼下也没啥事儿，就循着地址一路找过去。

那天下午阳光特足，画成乌眼青的胡小玲穿着无袖旗袍坐在一个阴呲呼啦的小酒吧里，旁边儿坐着三个同样乌眼青的姑娘和一个看着就特成功的哥们儿。

“哎！哎哎！哎呀‘仄边’啦！”

见我走过来，胡小玲忙起身招呼我，把我拽到她身边儿坐下。

“我给你们介绍一下，这是我小学同学，刚从加拿大回来，叫……哎，你英文名叫‘沈磨’？”

“Fin，F，I，N。”

“哦，费。”

“Fin。”我纠正。

“嗯？奋？”

“……随便吧。”我一头汗。

“那就‘费’好啦，费，这是Peter。”我赶忙跟应声探身过来的成功人士握手，随后又跟着胡小玲的介绍跟三个叠音词姑娘挨个儿点了头。

聊了一会儿有的没的，Peter起身去了洗手间，胡小玲和三个姑娘马上凑到一块儿嘀咕起来。

“怎么样这个？家底儿特厚我告诉你。”

“就是有点儿胖。”

“你又不是要嫁给他，你管呢。”

“哎，你刚买的那套房子不是还没装修吗？要不这个归你，回头让他给你添套好家具。”

胡小玲手机响了，她看了一眼来电显示后皱着眉头接起电话，“喂？嘎哈呀，没完没了的？！不告诉你下个月再说吗？！……滚犊子，吓唬谁呢？！……爱咋咋地！”

“刚学会上炕就敢搁我这儿花式装×，”胡小玲气哼哼地摁掉电话把手机往面前的茶几上一扔，“咋样你们讨论得？怎么弄这个？”

四个乌眼青正凑在一起研究这蛋糕怎么分呢，蛋糕Peter回来了。

“哟，说什么呢鬼鬼祟祟的？”Peter笑眯眯地说。

“哎呀，你讨厌啦，干吗‘仄样’讲人家？”

胡小玲咬着下嘴唇朝Peter飞了个媚眼儿，坐在Peter旁边刚才还嫌他胖的那位姑娘见状忙一把抱住Peter的胳膊，把自己的一个胸在他胳膊肘儿上摁了个瘪，“Peter，我最近刚买了套房子，就在望京那边儿还没装修呢，改天你去帮我看看给点儿意见呗。”

我坐在一边，盯着胡小玲的侧脸发呆。

“哎，看啥呢？”胡小玲问我。

“哦，我怎么觉得你长大后变样儿了呢？”

她看了一眼正忙着拿胳膊肘儿吃豆腐的Peter，把脑袋往我这边儿凑了凑：“你是说鼻子吧？做的，垫了鼻梁。咋样？”

“点睛之笔。”

“好看吧，”胡小玲面有嘚瑟，“回头我准备再削个骨。”

“削哪儿？”

“颧骨和下颌角。”她边说边用一根手指在脸两旁比画着。

“不用了吧？现在这样不挺好的嘛！”

“咳，百尺竿头嘛。”

“多疼啊。”

“打麻药呢，怕啥！”

转过年，我被朋友推荐进一家公关公司，刚入职没多久就赶上给一家国外的汽车品牌做新品发布，开项目会时莫名其妙地就把找礼仪小姐和先生这活儿甩给我了。

我回到工位上，在通讯录里从头扒拉到尾，发现除了旗袍姐再无更合适的人选。

胡小玲听完之后很痛快地答应了：“不就是找几个美女帅哥吗？放心吧，我手头儿有的是。哎，对了，到时候别叫我‘胡小玲’啊，土，叫我‘Linda’。”

我使了好大劲儿，终于忍住没告诉她“Linda”就是外国的“胡小玲”。

发布会前一天，胡小玲带着姑娘小伙们来彩排。

“来，我给你们介绍一下，这就是费总。”她指着我对其他人说，随之而来的，是一阵此起彼伏的“肺肿好”。

我把她拽到一边儿：“姐，听这口音都是搁沈阳那块儿出来的吧？”

“对呀，哦，有俩是营口的。哎呀，你管这些干啥，他们又不用跟客户唠嗑儿！”

我回头又打量了一遍那些姑娘小伙儿，个头儿相貌倒是都说得过去。

“成，谢了啊胡——那什么Linda姐！费用就按咱们之前谈好的走没问题吧？”

“我那份儿就算了，哎，我记得之前你说你们这回是给一家外国汽车品牌做推广是吧？”

“嗯，不是推广，是新品发布。”

“一个意思，那啥，明儿有外商来不？”

“有啊，好几个呢。”

胡小玲把脸上那副天大的太阳镜拽了下来，俩眼皮上泛着青肿。“那明儿你给我介绍一下呗？”

“咋介绍？……你眼睛咋了？”

“前两天刚拉了双眼皮儿。介绍一下都不会？你找个机会，跟客户说我是这次发布会礼仪部分的负责人，剩下的你就不用管了。”

我想了想，觉得也没错，人可不都是她找的嘛。“行吧，哎，我记得你以前就是双眼皮啊。”

“不够深刻，”胡小玲拍拍我肩膀，“就这么定了哈，明儿见。”

“明儿见。”

胡小玲走了几步又折回来：“哎，对了，哪国的外商啊？”

“哦，韩国。”

“韩国？！”

“啊，对呀，这不现代嘛？”我抬手一指立在旁边儿的易拉宝。

“操，现代不是美国牌子吗？哦，不对，美国那是蓝带，妈的弄混了。那算了，你别给我介绍了，烦韩国人。那什么，之前咱俩谈好的劳务费一分不能少哈！”

我笑：“明白。”

之后，我基本每隔一个季度能见着一次胡小玲，每次的她都跟上一次不太一样。我觉得把她各个时期的照片印出来订成小本快速翻动的话，应该跟《终结者2》里那个液态机器人在钢水里挣扎的效果差不多。

二〇一二年年底，胡小玲约我出来吃饭，此时的她已经削完骨并且开了内外眼角，蛇精般的锥子脸上俩大眼珠子在漫无边际地转动着。

“姐失恋了。”她说。

“嗯？你不是老换人吗？”

“这回我没想换。”

“那因为啥啊？”

“他毛病多呗。我俩在一块儿的时候他要亲我脸，我说你小心点儿别碰坏我的鼻子；他亲我嘴，我说你轻点儿捏，我下巴骨薄别整断了；他摸我胸，摸了几下问我为啥手感这么奇怪，我只好告诉他这胸是前些年做的，假体还不是太高端，今年我保证换新的。然后他就不乐意了，穿上衣服就走了。”

“……你胸也是假的啊？”

“是啊，我小学那会儿胸多平你不知道啊？”

“小学那会儿大家都平胸啊。”

“啊，我一直都是小学那会儿的水平儿，”胡小玲叹了口气，“这帮男的太难伺候，不整吧他嫌你难看，整了吧他又嫌你不真实，这年头儿真实的东西哪有好看的？！”

我点点头没说话。胡小玲愤愤不平地四下里看了看，指着旁边儿桌的一饼脸少女：“费，你看，你看这大脸盘子！这是没整过的，你们男的喜欢吗？！”

饼脸少女和她的方脸闺蜜一脸黑线地看着我俩，胡小玲俩眼一瞪，眼珠子差点儿骨碌到地上：“瞅啥瞅？”

那俩姑娘忙低头继续吃东西。

“等过完年，我去趟韩国，下面吸脂上面填充，我就不信了。”

“你不是特烦韩国吗？”

“哎呀‘拿来主义’嘛！你这书都白念了我看。”

过完年，微信上收到胡小玲发来的一张照片，满脸纱布的她在首尔街头站着丁字步。

我回信息说“你对自己可是够狠的”，她回了个戴着墨镜的笑脸。

俩月后，完全恢复好的胡小玲约我出来看效果。

“那啥，你是照那姓廖的整的吗？”

“胡说八道！我这是照着韩国姓李的那个小妮子整的！像不像吧你就说？！”

“像！真像！你要是再把小拇指跷起来搁嘴边儿说你是那小妮子本人我都信！”

“你讨厌！”胡小玲故作娇羞地一笑，那只玲珑高挑的鼻子十分敏捷地歪到了一边。

“我去！你那鼻子怎么了？！”

“哦，埋蛋白线，本来应该一边儿两根儿的，整到第三根儿的时候我实在疼得不行了，跟大夫说不弄了就这样吧，结果现在左边少根儿线，一笑鼻子就歪。刚才笑的时候忘了拿手捂着了……”

我看着已经面目全非的胡小玲直挠头，她本人则踌躇满志：“我今年一定得找个人嫁了。”

往后的日子里，胡小玲跟我的联系越来越少，偶尔在朋友圈和微博上看到她的照片，也无非是在夜店跟一群锥子脸挤在一起，或是坐在西餐厅里对着面前的牛排煞有介事地晃红酒，偶尔也出现在马尔代夫的沙滩上，穿着比基尼连拍九张，配的文字是“肥肉和胸都留不住，好讨厌”。

今年元旦我回了趟大连，吃饭时又有人说起旗袍姐，说她已经在去年夏天嫁了人，老公是一个五十来岁的美籍华人，现在已经跟着老公去了美国。

“是吗？这么大的事儿怎么没见她发朋友圈啊？”

那人嘿嘿一乐：“她把所有人都删了已经，我也是听我妈说的，我妈跟她妈认识。”

我抓起桌上的手机打开微信，果然已经无法查看胡小玲的相册。我笑着把手机放回桌上，拿起一个虾掰掉脑袋吃起来，仿佛又看见当年那架一侧机翼贴了张五块钱纸币的飞机模型悠悠地飞着。

14

浴霸沈道平

沈道平七岁的时候扶着门框看老爹干木匠活儿，往外走的小伙计被木料绊倒扑在门上，门扇活页把沈道平的左手大拇指末一节夹了个稀碎。

送到医院，大夫看了直摇头。

“可惜啊可惜，砍下来倒还能接，夹成这样只能切了。”

香港回归那年夏天，沈道平叼着烟坐在学校大门口，跟几个新认识的混混讲自己这截大拇指。

“……当时我虽然只有七岁，但剑法已臻化境，不过自从没了这截拇指，我就再没练过双剑。”

“沈哥，独臂刀王是不是你老爸啊？”

“滚！”

高考考了两百多分的沈道平去了老爹朋友的修车厂学修车，他脑子好使，学东西快，就是缺了一截拇指的那只手拿小零件儿稍微费点儿劲。

仨月过去，老爹朋友给了沈道平一千块钱。

“我能请两天假不？”

沈道平一边往兜儿揣钱一边问。

“干吗去？”

“去沈阳看我女朋友。”

第二天晚上，沈道平和在沈阳上学的几个哥们儿一起在他女友的大学外吃喝，等着好学的女友上完自习。

女友抱着一摞书出现在小包间门口时，沈道平已经喝得舌头都僵了。

“你先坐这儿吃，吃点儿……我出去一趟……”

沈道平把女友摁到椅子上，自己晃出包间。

出了小馆子，沈道平直奔路对面一个小超市。

“有没有避孕套？！”

沈道平一头抢进超市，打着酒嗝儿粗着嗓子问。

看店的小姑娘十六七岁的样子，让沈道平这句话弄得脸通红，斜了他一眼后拿下巴往旁边儿的货架一指。

“都在那边儿，自己看吧。”

沈道平使劲低了低头，把胃里往上直蹿的东西咽了回去，来到货架前。

“哪种好？！”沈道平又问。

小姑娘烦得牙痒：“当然越贵的越好呗！”

“……嗯，”沈道平掏出十块钱扔柜台上，“来盒最便宜的！”

当晚，女友在小旅馆门口犹豫再三才跟着沈道平走了进去。

“道平，今晚我把自个儿给你，然后我们就分手吧。”

正坐在床边儿对着保险套手撕牙扯的沈道平身子一滞，停下了动作。

“你真是个好人。”

第二天清早，送女友回学校的沈道平收到这样一句赞扬。

沈道平仰着脸乐：“不是，你昨晚整出那么一句，我硬不起来。”

女友脸一红，转身走进校门。

沈道平回到大连，跟几个哥们儿喝到深夜，边喝边哭，说自己的初恋完犊子了。哥们儿中有个二十出头的，见沈道平生不如死，说既然如此苦痛，不如换个地儿寻欢作乐。

于是一行人在那大哥的带领下来到一个洗浴中心，每人做了个大保健。

“这个好，上来就整，不跟我唠些没用的。”

从此，沈道平找到了人生的乐趣，每个月的工资全扔在了洗浴中心，不到一年的工夫就洗遍整个辽东地区，人送外号“浴霸”。

“浴霸”每次“洗浴”出来总要就近找一烧烤摊来两串大腰子，即便后来有人跟他说这玩意儿根本不能补肾也没断了他这口儿。

沈道平二十五岁的时候，做生意的老爹走了步错棋，从此一蹶不振，家境也大不如前。

沈道平在市里的小商品市场租了个摊位，春卖丝巾夏卖泳装秋天秋裤摆一排，冬天虽冷但花样儿更多，平安夜到元旦这几天卖贺卡，过了元旦就卖橘子糖果炒花生，临近过年再摆上对联儿鞭炮小烟花烧纸香烛红灯笼。

“给你起这么个名儿心说你以后能成个领导啥的，结果你跑去做小买卖。”

老爹看着进进出出搬烟花爆竹的沈道平，点上一根烟狠狠地嘬。

“你再给我炮仗点着了！”沈道平装车回来一把抢下老爹嘴里的烟在烟灰缸里摁灭，“做小买卖咋啦？赚钱有啥不好的？我不赚钱你跟我妈去年春节能一人添件大衣吗？！”

老爹掸掸掉在裤子上的烟灰，起身朝外面走去，走到门口又回头：“道平啊，前两天我看中双皮鞋。”

沈道平一手抱着一个大烟花从里屋出来。

“等我忙完这几天儿的哈爸！”

老爹挠了挠头：“那什么，不用你去，把钱给我就行，我跟你妈去逛，她还看中条裤子。”

沈道平笑。

两年后，沈道平手上有了些本钱，开始炒期货，他为人精明，八面玲珑，又经常请人去洗浴中心玩耍，一时间混得风生水起，大家都说没有啥是“浴霸不能”的。

玩儿期货刚一年出头儿，沈道平就给爸妈在星海公园旁边买了套大房子，老爹从此再也不提取名“道平”就得当领导的事儿，弄了只吉娃娃见天儿跟着道平他妈在星海边儿上来回遛。

手头儿宽裕了，沈道平也不再去洗浴中心风流，开始出入各种高级会所。谁知开心了不到一年，全国各地开始扫黄，甭说洗浴中心，就连犄角旮旯的洗头房都被扫得干干净净。

终于风头儿过去了，几家洗浴中心陆续重装上阵，得知消息的沈道平晚饭都没顾上吃，兴冲冲地赶去之前常去的那家。

凑巧那天洗浴中心的老板在，无意间瞧见“浴霸”沈哥头发湿淋淋地披着件睡衣走进休息大厅赶紧撵上去打招呼。知道他来这儿是为寻欢，老板也不多聊，寒暄几句就给请进了小包房。

沈道平坐在床上醒了醒酒，仰头看着房间里昏黄暧昧的灯光，想起几年前自己在初恋女友面前怎么也撕不开保险套的盒子，突然捂着脸呜呜地哭起来。

刚“呜”了没几声，外面有人敲门。

沈道平赶紧在睡衣袖子上擦了擦眼泪，身子往后一斜拿俩胳膊肘支住，歪脖儿望着门口。

“请进。”

老板带着一看起来二十出头儿的女孩进来。

“沈哥，这丫头新来的。”

沈道平扫了一眼那女孩，女孩低头看着自个儿脚尖儿，胸脯快速地起伏着。

见惯了进屋就脱衣服的小姐，沈道平对眼前这个局促不安的女孩毫无抵抗力，他摆摆手让老板赶紧走，自己一探身，把女孩拉到自己身边坐下。沈道平把手搭到女孩肩上，清楚地感受到那阵紧张的颤抖。

“大哥，我不是干这个的。”女孩扭头望着沈道平，泪水在眼眶里打转。

“啊？”

“我大学毕业后来大连找工作，没找着合适的，看见这儿招服务员就来了，平时我就是打扫卫生整理房间的。我知道这里有那种服务，但我真不是啊大哥！”

沈道平点点头，仔细看了看女孩，叹了口气站起身。

“可惜啊。”

沈道平说着走出包房。

正在休息大厅训服务员的老板看见沈道平走进更衣室，愣了一下，随后追了进去。

“沈哥？沈哥！咋了沈哥？咋不玩了？”

沈道平没好气地看了老板一眼，不理他，自顾自地穿衣服。

老板张了张嘴没说出话来，转身出去，一出门就瞧见站在包房门口不知所措的女孩。老板一肚子邪火全撒在女孩身上，几步过去狠狠打了她一耳光。

女孩被打得倒在地上，老板正要上脚，身后有人喊了一声。

“你干啥？！”

老板回头，见沈道平一边儿系着裤腰带一边儿打更衣室走出来。

“你打她干啥？！”

沈道平来到老板面前，把裤子拉链拉好。

“……她不是没给沈哥服务好嘛，我这……”

“我啥时候说她没服务好了？！”

沈道平瞪了老板一眼，过去扶起女孩。

“你乐意跟这儿干吗？”沈道平问。

女孩捂着脸，惊魂未定地看着老板。

“你不用看他，你就说你还乐不乐意跟这儿干？”沈道平把女孩的脸掰回来看着自己。

女孩摇头。

“那你乐意跟我干吗？”沈道平又问。

女孩瞪着大眼睛有些不解地看着沈道平。

沈道平伸手在嘴边儿一扇风儿：“咳，不是那个‘干’，那什么，我有个公司，缺人，你来不？”

女孩看看老板，又看看沈道平，轻轻点了两下头。

沈道平拍拍老板肩膀。

“你这儿不差这一个服务员吧？”

老板沉着脸：“你领走吧沈哥。”说完扭头就走。

“今晚你先睡这儿，明儿天亮我过来，你要想回家呢我就帮你买票，你要是不想回家，我就想办法给你找个正经工作。”

沈道平在一家连锁酒店给女孩开了个房间。

“大哥，怎么称呼你啊？”

沈道平刚走出房间，女孩追出来扶着门框问。

“我姓沈。”

“沈哥，你真是个好人。”

沈道平眼圈儿一红，赶紧低头“呵呵”乐了几声：“别跟我说这个，听着难受。”

这一晚，沈道平跟一个朋友在路边小馆喝得烂醉，结账后扶着门口的小树喷射式呕吐。

“操，饿。”

半小时后，胆汁儿基本吐净的沈道平说。

朋友看看时间，已经后半夜，刚才那家馆子卷帘门都放下了。俩人于是互相搀扶着满大街溜达，边醒酒边找吃东西的地儿。

不知走了多久，沈道平一抬眼，见着面前一个霓虹灯大招牌，上面四个大字“韩式松骨”在夜色中耀眼夺目。

沈道平一指那招牌：“走！”

朋友还没回过神儿来，沈道平已经一头钻进那招牌下的转门。

沈道平来到大堂，看见对面坐着一溜旗袍从胳肢窝下边儿就开衩的姑娘，冲笑眯眯迎上来的大姐打了个酒嗝儿，吩咐道：“来个大份儿的松骨！”

大姐眨巴眨巴粘着假睫毛的眼睛，没明白。

朋友跌跌撞撞打沈道平身后的转门里跑出来，抱着沈道平的胳膊就把他往外拖：“不好意思哈，他喝多了。”

沈道平被朋友拽着往外走，一步三回头地朝大姐还比画呢：“再来头蒜！”

两人又在街上溜达了一阵子，这回沈道平不但看见了粉窗帘，还看见了小粉灯儿。

“走！”

沈道平说着把朋友也往里带。

“你不饿啦？”朋友问。

“反正也找不到吃饭的地儿，咱先整点儿精神食粮呗！”

“……这他妈是精神食粮吗？！”

沈道平闭着眼睛直摆手：“哎，你别管了。”

“那不如回刚才那家，那家档次高。”

“不用不用，我懒得走，就这家吧，”沈道平走过去把门拉开回头看着朋友，“以前老去会馆，都忘了照顾小规模经营者了。”

沈道平眯缝着眼睛瞅了一圈儿，点了个双刀火鸡造型的姑娘，搭着肩进了里屋。朋友则点了根烟坐在靠门口的沙发上等他。

进了里屋，沈道平刚在床上坐好，再一抬头发现姑娘已经脱成了光膀子。

沈道平莫名地一阵恶心，抻着脖子干呕了一下。“妹儿！妹儿！先别脱，别脱！那什么，你有吃的吗？”

“……有泡面。”

“泡面啊，泡面啥牌儿的？”

“康师傅。”

“哦，没有辛拉面吗？”

“没有。”

“那行吧，康师傅，给我整两包，赶紧。”

姑娘乐了：“大哥，吃饱了再整呗？”

“哪儿那么多废话，快点儿，我饿毁了！”

姑娘吐了吐舌头穿上胸罩跑了出去，不一会儿端着一大碗泡面走进来。

沈道平三下五除二地把面吸溜进肚儿，直起身子满意地打了个饱嗝儿。

姑娘收走碗筷，回来后把门一插，又脱成了光膀子。

“哎哎哎，别脱别脱！我让你脱了吗？”沈道平急了。

本来正要脱牛仔裤的姑娘让沈道平一说有些不知所措，攥着裤腰一个劲儿道歉：“对不起啊大哥，我不知道你喜欢自己动手，要不我再穿上？”

沈道平摆摆手，站起来摸出钱包，抽出两张红票子递给姑娘，转身出去。

“这么快？大腰子不管用了啊？”

俩人回到大街上，朋友问。

“不知道，突然就没兴趣了。”

沈道平盯着头顶的路灯看了许久，低下头使劲儿揉眼睛。

“妈的路灯也这么晃眼。”

“想好没？”

第二天，沈道平来到连锁酒店，问那个他从洗浴中心带出来的女孩。

“我不回家。”

“为啥不回家？”

“家里穷。”

“……你家哪儿的？”

女孩说了个沈道平从来没听过的地方。

“哪儿？”

女孩说了半天，沈道平也没弄明白女孩老家在哪儿。

“行了别说了，你就告诉我你想干什么吧。”

女孩扭头望向窗外，街对面有一家书报亭。

“我刚到大连的时候就想，等攒够了钱就开个小书店，这样看书就不用花钱了。”

沈道平乐了：“彪样儿，上货不得要钱啊？！”

一个月后，沈道平在星海广场附近给女孩开了家书店，兼营鲜花礼品。

“等我赚了钱还你哈沈哥。”

开业当天，帮女孩放完鞭炮的沈道平钻进车子时，听到她在自己身后轻轻地说。

沈道平按下车窗玻璃：“拉倒吧，你拿啥还？”

沈道平觉得自己做了件天大的好事儿，驱车直奔某会所准备犒劳自己一下，结果面对妖艳的大妞儿完全提不起兴趣，仿佛十好几个初恋女友在他耳边念叨那句“然后我们就分手吧”。

沈道平把已为人母的初恋女友约出来吃饭，跟她说了这一奇怪的现象，初恋女友先是一愣，随后摔筷子走人了。

“哎，你觉得我怎么样？”

在书店，沈道平扒拉着书架上的书问女孩。

女孩看了他一眼，把头低下：“你是个好人。”

沈道平颓然地在门口的小凳子上坐下：“除了好人呢？”

“……你还长得不好看。”

沈道平瞪着眼睛抬起头。

女孩下意识地后退一步。

“而且你左手大拇指还缺一截儿，看着怪吓人的。”

沈道平深吸一口气站起来，拿手指点了点女孩。

“我虽然不知道你老家到底在哪儿，不过你们那儿的人可够缺德的。”

沈道平说完抬腿就往外迈。

“我愿意。”女孩在身后说。

沈道平身子一震，回过头。

“你说啥？”

女孩脸红了，用手遮住嘴轻轻吸了口气：“啊，你不是来问我这个的吗？”

“……是。”

“那我愿意。”

15

安稳

老头儿安稳出门遛弯儿不到半个小时就回来了，坐在沙发上拿起茶壶嘬了一口。

“茶都凉啦！”

朝厨房吼了一嗓子后，安稳皱着眉头又嘬了一口。

“凉透了都。”

老伴儿打厨房里跑出来，在围裙上不停擦着手：“今儿没跟老于头儿下棋啊？这么早回来，我都还没来得及给你沏壶新的。”

安稳把老伴儿伸过来抢茶壶的手扒拉到一边儿去，攥着茶壶不放。

“国庆节他们俩回来不？”

“回，昨天我刚打的电话，世民说慧欣这几天学校忙，忙完了就一块儿回来。”

安稳从兜儿里掏出俩核桃在手里哗啦啦地盘着。

“世民完犊子了，这么大人了连个媳妇儿都管不住，啥事儿还都得听她的，一娘们儿家有啥好忙的？哎，别忘了让他们把童童一块儿带回来，千万别再让慧欣往深圳她娘家领，学一嘴的‘鸟语’。”

“那也是门儿外语，总比跟着你满嘴大碴子味儿强。”老伴儿说着把茶几上的烟灰缸拿起来往一旁的小垃圾桶里倒。

“大碴子味儿咋啦？！”安稳把小眼睛瞪得跟俩小黑豆儿似的，“男孩儿一嘴大碴子味儿才爷们儿！你看他今年夏天回来那样儿！‘点改母嘿’的，听着就来气。哎，你别跟家里倒烟缸儿啊！都飘起来了！干一辈子家务活儿你都不进个步吗？！”

老伴儿没搭理安稳，把空烟灰缸往茶几上一搁转身往厨房走。

“茶壶！”

听到安稳的喊声，老伴儿又折回来从他擎着的手里接过茶壶，进厨房沏新茶去了。

安稳往沙发上一靠，盘着核桃瞅着对面墙上挂的那些个奖状发呆。

安世民和林慧欣一出火车站就看见安稳那辆白色老别克了，慧欣忙让童童喊爷爷。

安稳正盘着核桃走神儿呢，听到孙子喊自己赶紧把核桃胡乱一揣，跑过去一把举起童童。

“哎，哎，哎，哎，哎。”

安稳把童童举过头顶，嘴里不住地答应着。

世民和慧欣看着安稳乐，安稳却急了。

“世民！快接过去！我腰闪了！哎，哎，哎——这熊孩子长得太快了！”

世民赶紧把童童接过去，慧欣把挂在胳膊上的包儿往肩膀上一拽，过去给安稳按腰。

“爸，您伤着哪儿了？没事吧？”

安稳仍仰着头高举双手：“没事儿没事儿，我缓缓就好了。”

打旁边儿过去俩小年轻儿，一个捅捅另一个：“哎哎，你看这老头咋的了？”

另一个看了眼安稳：“行为艺术，老年主题，象征儿孙满堂的老人仍然有更高层次的追求。”

进了门，世民带头儿吸了吸鼻子。

“嗯！真香！”世民说完看了眼慧欣，慧欣心领神会地也来了一遍。

安稳在后头锤了世民一拳。

“别整这些没用的！啥时候学会挤眉弄眼了。”

世民咧咧嘴："来，童童，换鞋。"

"妈，过来一起吃吧，别忙活啦。"慧欣坐在桌子前喊。

厨房传来安稳老伴儿的声音："就差一个菜了，你们先吃，别等我！"

"不等她不等她！"安稳说着把筷子分发给世民和慧欣，然后拧开一瓶白酒把自己面前的酒盅儿倒满。

"还是不喝酒？"

世民吃了口菜，点点头："偶尔喝点儿啤的。"

安稳鼻子里一哼："啤的那能叫酒啊？老娘们儿喝的。老爷们儿就得喝白的！唉，你就这点不像我，慧欣喝不？"

慧欣笑着直摇头。

"年轻当兵那会儿整个连队数我最能喝！这到老连个陪我喝酒的人都没有，真是'今朝有酒今朝醉，喝多喝少无所谓'啊。"

安稳感慨着，一眼瞧见身边坐着的童童，忙用筷子在酒盅儿里蘸了一下伸给他。

"来！童童，陪爷爷整点儿！"

童童盯着眼前的筷子头儿不知道爷爷什么意思。

"也爷蕾港乜？"

安稳一愣，有些不满地抬头看了世民和慧欣一眼后继续把筷子朝童童伸过去。

"饮杯！陪也爷饮杯！"

慧欣赶紧拦着："爸，小孩子不能喝酒。"

"尝一下怕什么？！将来他长大出社会办事儿不都得喝酒啊？！不得从娃娃抓起啊？！你俩不能喝也不让孩子进个步啊？！"

安稳把筷子往桌上一撂，端起酒盅儿自己先走了一个。

“爸，现在不比以前了，办事儿不用喝酒。”

安稳眉毛一立：“咋不用？上回你妈医保的事儿还不是我过去把他们都喝倒了才办成的吗？！”

“爸，这不是在东北嘛，现在北上广深这些大城市办事儿都不用喝酒了，全靠本事。”

“什么大城市不大城市的？！咱们这儿不是大城市啊？！你刚出生那年咱们安家屯儿总共就一个供销社，里面就卖三样儿东西：盐，糖，还有桃酥！你再看现在，家门口儿就有小超市，要啥有啥！避孕套儿都有！你敢说咱们安家屯儿不是大城市吗？！”

世民不言语，低头吃菜。慧欣则跟童童小声说着话。

“还‘靠本事’，”安稳给自己倒着酒，一脸的不屑，“当年我靠喝酒当上了镇计生办主任，你说这喝酒算不算本事？！”

世民不抬头，“嗯”了两声。

安稳没好气儿地又走了一个。

安稳老伴儿端了盘儿锅包肉打厨房里出来，正瞧见安稳气哼哼地把酒盅儿在桌子上“啪”地一搁。

“哟，老安你是不是又劝孩子们陪你喝酒了？”

安稳斜了一眼老伴儿：“没你的事儿！”

老伴儿抬手一戳安稳脑门子：“还喝，忘了你要跟他们说啥啦？”

安稳眼睛一亮，狠狠地拍了下大腿：“看见酒就忘了！”

世民和慧欣莫名其妙地看着安稳和他老伴儿。

“什么事儿啊爸？”世民问。

安稳夹了块锅包肉放嘴里：“哎呀妈呀，老婆子你这醋搁得也太多了！”

“慧欣爱吃酸点儿的，孩子难得回来一趟，等他们走了再给你做甜口儿的！”老伴儿说着摘掉围裙在一边儿坐下。

安稳点点头，皱着眉头把嘴里的肉咽下：“是这么回事儿，改革开放以来啊，老百姓的生活是越来越好了，这个全国各地啊，都有了飞跃性的发展，这些都跟我党长期以来关注民生是分不开的……”

老伴儿在安稳腰上戳了一指头：“拣要紧的说！”

安稳这回没生气，把脑袋往世民和慧欣面前伸了伸。

“政府开放生二胎了你们知道不？”

世民和慧欣对视了一下，后者继续低头吃饭，世民清了清嗓子：“知道，看新闻了。”

安稳瞅着世民和慧欣乐。

“知道就好，咋样？动心不？”

世民面有难色：“爸你啥意思？让我俩再生一个啊？”

安稳脖子一梗：“不好吗？”

“好什么呀，一个都操不完的心……”世民直摇头。

“用你们操啥心啊？你们就管生，生完了抱回来我和你妈帮你们带！”

安稳又给自己倒了一盅儿，拿手抹了溅到桌子上的几滴酒放嘴里舔了一下：“现在的孩子真是没法儿沟通！”

安稳起身来到那面挂满奖状的墙跟前，掐着腰看那些个奖状。

“世民，你看，这张，是我刚参加工作第二年得的，那年屯儿里老许家的二儿媳妇儿怀上之后跑了，我得到消息连夜去追，一直追出咱们吉林省，最后在辽宁盘锦才把他们两口子抓回来做了人流和结扎。真悬啊，大夫说再晚个十天半月做人流可就危险了，为这事儿现在许家老二见着我还不说话呢，但我不在乎，他们理不理解是他们的事儿，我问心无愧。”

世民起身走过来拉安稳：“爸，来，赶紧吃饭。”

安稳一甩世民的手，往旁边挪了一步。

“吃什么吃？”

世民被晾在那儿不知怎么办才好，慧欣见状也放下筷子走过来。

“爸，生二胎不是个小事儿，咱们要坐下来慢慢聊。”

“这张，是我那年去县里做报告领回来的。”安稳指着挂得最高的一张奖状说。

世民拽拽慧欣的袖子，使眼色让她别管了，俩人重新回到饭桌前坐下，留安稳自己在那儿仰头儿看着满墙的奖状。

“数九寒冬严寒酷暑，我一个大老爷们儿带着一帮居委会的老娘们儿挨家挨户地发避孕套儿，我容易吗？！想要自己家好，就先得国家好，为了国家好，就得听党的，党这么多年糊弄过咱们吗？党说避孕结扎，那就得连避带扎；党说可以接着生，那咱就接着生。这都是经过多少次开会研究出来的，肯定有他的道理在里边儿！再生一个，童童搁你们那儿，老二我跟你妈伺候着，多好！你们看看我现在，除了那俩核桃还有啥玩儿的？你们过日子不能光图自己省心，得多为父母想想，得进步！”

见唾沫星子喷到了奖状上，安稳赶紧凑过去拿手指给抹去，又习惯性地把手指放到嘴里吮了一下，反应过来又觉得不太对劲儿，有些尴尬地回来坐下。

“哎，世民，你俩现在多长时间一次？……哎，你个死老婆子你捅我干啥？！我问儿子，又没直接问儿媳妇儿，都是成年人有啥不好意思的？我当年要是不好意思能有世民啊？”

慧欣借着摸童童脑袋的动作捂住了孩子靠安稳那边儿的耳朵，凑过去小声说，“童童，吃完没？吃完了去爷爷房间玩会儿去，爷爷好玩儿的东西可多了！”

“嘿咩？猴棒哦——”童童跳下椅子跑进了安稳的房间。

安稳看着童童的背影一个劲儿咂摸嘴："家里有个孩子多好你说，我这一天到晚除了遛弯儿就是下棋，回到家连个说话的人都没有。"

"我不是人啊？"老伴儿在一边儿不乐意了。

安稳看都不看老伴儿，端起酒盅儿一仰脖儿："你一辈子没上过班，你懂个屁！跟你唠不到一块儿去！"

搁平时也就算了，今儿儿媳妇在场，老伴儿面子上有点儿挂不住，她把筷子一撂扭身儿走了。

"妈，妈——"慧欣起身追过去。

世民也要跟着过去劝，被安稳一把拉住："坐，正好咱爷儿俩单独唠两句。"

世民没办法只好又坐下来。

"慧欣她现在忙啥呢？"安稳小声说着，拿下巴往老伴儿房间那边儿一指。

"带研究生啊。"

"今年也三十二三了吧？差不多得了，别让她老搁外头折腾，我看你赚得也不少现在，够花就行了，你俩赶紧抓紧时间再生一个给我和你妈带着，让慧欣搁家里专心照顾童童多好。"

世民没说话，起身去厨房，回来时手里多了个酒盅儿。他把酒盅儿放桌上往安稳面前一推："来，爸，陪你喝点儿。"

安稳一愣："哎呀妈呀，半年多没见长能耐了你。"

世民笑："不行就睡一觉呗，多大点儿事儿。"

安稳点点头给世民的酒盅儿倒了三分之二后推回去，世民捏起酒盅儿又伸过来跟安稳碰了一下，随后各自一"吱儿"。

"爸，现在时代不一样了，慧欣她自己想干啥，我不能干涉，而且我本身也实在不想再要个孩子，这不光是谁照顾的事儿，养孩子不是把他拉扯大了就行。”世民说着拿过酒瓶要给安稳倒酒。

安稳沉着脸一把抢过酒瓶子：“不用你给我倒！完蛋玩意儿，连个媳妇儿都管不了，你妈当了一辈子家庭妇女，家里家外全我一个人说了算，多好！”

“那你刚才不是也说不爱跟她说话吗？”

安稳倒酒的手一顿，把瓶子放到一边：“先不唠这个，你就说你答不答应吧。”

“答应啥啊？”

“再要个孩子呗！这老半天唠的是啥啊？！”

世民摇摇头：“爸，我俩真没这打算。”

“不用你俩打算，我都打算好了，要！你俩负责生就行了！”安稳说完拿起酒盅儿又给干了。

“爸你慢点儿喝。”

“你爹我当年搞计划生育风生水起，为党和国家作出多大贡献？现在政策让生二胎了，我他妈还享受不着，你说这事儿上不上火？！”安稳瞅了一眼对面墙上的奖状，红着眼圈儿接着给自己倒酒。

世民正不知说什么好，慧欣跟着安稳老伴儿打里屋出来。

“来，妈，咱们接着吃饭啊，不然该凉了。”

慧欣帮婆婆把椅子拉开让她坐下，自己也回到世民身边。

“呀，世民你喝酒了？”

“没事儿，一小口儿。”世民说话时脸蛋儿已经红扑扑的了。

安稳看了看慧欣，耷拉着眼皮夹了口菜吃。

“凉了有点儿，老婆子去给热一下赶快，我这酒都接不上了。”

老伴儿应了一声，端起两盘菜去了厨房。

慧欣看不过去，正要去帮忙，忽然听见一阵嗡嗡声传来。

桌上三人循声望去，见童童拎着个跳蛋从安稳房间里走出来，另一只手攥着开关，悬在半空的跳蛋正随着他的操控变着花儿地嗡嗡着。

世民和慧欣顿时僵住，不知怎么办好。

安稳倒哈哈大笑起来："好宝儿，真找着好玩儿的啦？！来来来，过来玩儿！"

童童走过来把跳蛋放到桌子上，世民和慧欣呆呆地看着这个蚕蛹一样的粉红玩意儿在桌子上震得乱跑。

"爸，你这个……"

许久，世民回过神儿来，小心翼翼地问。

"哦，本来要跟你们推荐来着，一生气给忘了。"安稳眉飞色舞地把饭桌上那个嗡嗡嗡的小东西拿起来贴在脸上，"这可是个高科技的东西，估计你们都没见过，我在咱家楼下小超市买的，一百多块钱呢！"

老伴儿端着热好的两盘菜回来，见到安稳手里那玩意儿也眉开眼笑："哎哟，这可是个好东西，我跟你爸没事儿就用，舒服着呢！"

世民抹了一把鼻尖儿上的汗，扭头儿看了看慧欣，后者正直着眼睛半张着嘴不知说什么好。

"来，老婆子，咱们示范一下给他俩看看这玩意儿怎么用！"安稳说着从童童手里拿过开关起身来到老伴儿身边。

慧欣吓得赶紧把童童搂过来捂住眼睛，自己也使劲儿低着头，世民则蹦起来想要阻拦，却发现安稳把跳蛋摁在了老伴儿的后脖颈上。

"按摩神器我跟你们说，那几万块钱的按摩椅里面不就这东西吗？老舒服了，哪块儿不得劲儿就把它摁在哪块儿，震一会儿就好。"安稳一边拿着跳蛋在老伴儿后脖颈上游走一边讲解。

世民和慧欣松了口气，忍不住偷笑。

晚上，安稳和老伴儿背靠背挤着，中间夹着那枚跳蛋。

“你使劲儿往我这边儿靠靠，夹不紧没有效果，”安稳拿胳膊肘捅捅老伴儿说，“哎，对了，你先别睡，跟你说个事儿。”

“嗯？”老伴儿往安稳那边儿挤了挤，扭头应了一声。

“童童今年几岁了？”

“五岁半，来年就上学了。”

“嗯。哎，你不觉得这孩子越长越不像咱家世民吗？”

“哪儿不像啊？”

“眼睛，咱老安家祖祖辈辈都是小眼睛，连养的猫狗儿都是，你看童童那俩大眼珠子。”安稳说着别过一只手把后背上顶着的跳蛋挪了个地儿。

“像他妈呗。”

“慧欣眼睛也不大啊！”

“你小点儿声儿，人就在隔壁呢。”

安稳关掉跳蛋放到一边儿：“妈的这玩意儿劲儿真大，震得我脑瓜子生疼。哎，你说，童童能不能是慧欣跟外人生的？”

老伴儿一骨碌坐起来：“老安，这事儿可不能乱说！”

“什么乱说，你想想，这孩子第一次抱回东北都一岁多了，之前大肚子那会儿咱也没在旁边儿，问世民慧欣怀孕坐月子的事儿他老含含糊糊，我大半辈子就忙活计生了，这里面肯定有事儿我告诉你。”

听安稳这么一说，老伴儿心里也犯了嘀咕：“你还别说，童童是不像他爸。”

“所以啊！我一定得让他俩再要一个，不然我心里不踏实。”

老伴儿点点头，心事重重地又躺下了。

安稳又开动跳蛋递给老伴儿：“给我后腰震震，今天在车站闪着了。”

世民靠着枕头坐在床上，双手垫着后脑勺儿。

“我爸非逼着咱俩再要个孩子，可咋整？”

慧欣侧身躺在旁边刷微博，听到世民的话放下手机翻身看着他：“要不再去福利院助养一个？跟童童一样，逢年过节带回来给他看看呗。”

世民摇摇头：“哪儿那么合适啊，童童那是正赶上我爸住院，一躺快两年，咱们趁这机会就说生孩子了，现在要是答应他再要一个，他立马就能到深圳看着咱俩从怀到生你信不？”

“要不就直接告诉他我们是‘丁克’呗？我爸妈不都同意了嘛。”慧欣坐起来靠在世民身上。

“你可别，咱俩刚结婚那会儿我试过一次，我说我一个同学是丁克，他问我啥是丁克，我说就是不要孩子，他直接急眼了，嗷嗷骂，说这是反人类罪，差点儿脑溢血过去。再说童童这都五岁了，现在跟他说这孩子不是咱俩的，他能跟咱俩对了命！”

“那怎么办？”

“还能怎么办？不答应呗，明儿我就说公司那边儿有急事儿让我赶紧回去，咱们提前回深圳不就得了。”

慧欣睁开眼，见天色大亮，世民已经不在身边，她坐起来懒腰刚伸了一半儿，就听客厅里头一声脆响，紧接着是婆婆的惊呼。

慧欣赶紧穿好衣服开门出去，见公公躺在地上不省人事，身边儿净是茶壶的碎片。

“快！开门！”世民说完俯身一用劲儿，把安稳抱了起来。

慧欣忙打开门，世民抱着安稳跑下了楼。

世民开着安稳的白色老别克直奔医院，安稳枕着老伴儿的大腿躺在后排，眼睛紧闭。

“爸这是怎么了？”

慧欣在一旁终于腾出空儿来。

世民眼睛死盯着路：“早上起来跟他唠了几句，还是生二胎的事儿，我没答应，他急眼了，把茶壶摔了，我心说他要打我，赶紧一闭眼，结果就听扑通一声，他倒了。”

慧欣听罢担忧地回头看了看安稳，安稳老伴儿抱着他的脑袋正一个劲儿掉眼泪。

半个多月后，一辆医院的面包车停在安稳家楼下，一个大夫先下了车，回身拽出一把折叠轮椅打开，世民把安稳抱到轮椅上放好，跟大夫们道了谢，然后推着安稳往楼道里走。慧欣扶着婆婆跟在后面。

门口儿石桌前有几个下棋的老头儿，见世民推着安稳过来纷纷打招呼。

“老安！老安！”

“来一盘啊老安？”

安稳循声慢慢转动眼珠，看了那几个老头儿一眼，面上没有表情，他缓缓地收回目光，随着世民推动的轮椅进了单元门儿。

“完了，老安不认识咱们了。”

“咋整的？”

“你不知道啊？这不国家开放生二胎了吗？他想让他家世民再要一个，世民不干，爷儿俩一大早上吵吵起来，然后老安就脑溢血了。”

“唉，爸让生就生一个呗，多大点儿事儿，不孝啊。”

“可不，咱们一辈子图个啥？不就图个安稳？……将军！”

“哎？！死棋了。”

16

麻辣驼侠

上高一那会儿，我们那里市面上流行一种小吃：把大豆蛋白搁水里泡开了之后切成长方形小块拿竹签子串起来，撒上辣椒孜然等调料在火上烤熟，一块钱十串儿，便宜又解馋，深受小初高各年级学生喜爱。

我上学放学都要经过一条街，路两边拢共得有十好几个卖麻辣串儿的摊子，我跟几个顺路的同学一家家地试吃，最后觉得那个驼背老头儿卖的麻辣串儿最好吃。

老头儿其实也没多老，仔细看看脸也就五十多岁的样子，但他的背实在太弯，远远望去活脱脱一个佝偻的小老头儿。

他不苟言笑，每次见他都在闷着头忙活。

我们几个骑车经过他的摊子，一捏闸停住，单腿支地，由最靠近摊子的人报出数儿来，老头儿不动声色地从一个大塑料袋里如数点出烤上。那玩意儿翻两面儿就熟，大家分着吃完，每人一两块把钱凑齐再由先前报数那位交给老头儿，随后蹬着车子大呼小叫着远去。

老头儿靠卖麻辣串儿发不了财，但生意倒是做得十分敞亮。每次光顾他都多给我们数出十来串儿，虽说也不过一块多钱，但也足以让我们开心。

那天我们几个放学后照例在他摊子前停下，老头儿刚把一大把麻辣串儿在小炭炉上一字码开，两个疯闹的同学就拉扯着倒向了他的摊子。

其中一个同学的脑袋直奔那炭炉就去了，我站在那里完全呆住，似乎已经闻到了头发和皮肉烧焦的味道。

我也不知道一直弓背低头的老头儿怎么看见的，他从容地放下手里装辣椒面的小铝罐，双手抓住摊子往后一拽，那两个同学直接倒在了地上。俩人爬起来看着炭炉里腾腾的火焰，惊得都忘了拍身上的土。

老头儿跟没事儿似的把麻辣串递过来。

“吃完赶紧回家，别瞎闹。”

那是他头一次跟我们说话，声音很低，硬硬的，他那声带似乎是生铁铸成。

吃到一半，几个平时跟我们就不太对付的高三学生也骑车经过这里，看见我们之后纷纷停下。

我没敢直接看他们，拿余光点了下人数，基本上是我们的两倍，心里可就没了底。

大家想到一起了，几乎同时掏出钱来递给老头儿然后打算骑车离开。

“你瞎啊？！”

正当我庆幸躲过一劫时，身后传来一声暴喝。

回头，见落在最后那小子被一个留着大分头的高三学生拽住了车把。

“对不起啊！我没看见！”那小子吓坏了，忙不迭地赔不是。

“我这么大人搁你面前你说看不见？你骂谁呢！”

大分头支好自己的车子抬脚把那小子踹倒，紧接着上前就是一顿乱踢。

我们几个赶忙把自行车往地上一放，跑回来打算劝架，但这架势让本来就想找茬儿的那帮高三学生有了动手的借口。

“干什么？！你们还想一起上啊？！”

伴着这声喊，他们几个围着我们动起手来。

估计当时有人跟我一样，心头曾闪过一丝跟他们拼了的念头，但很快就觉得价值不大，就都抱着脑袋尽量地聚在一起，减少暴露在拳脚之下的身体面积。

我在人缝里瞥见老头儿在有条不紊地收拾着摊子，他肯定看见了，但硬装没看见。

挨完胖揍，我们几个坐在地上缓了会儿，起身扶起各自的车子慢慢地往回骑。

“那老头儿也不说帮忙管管！”第一个挨揍那小子边说边擦着鼻血。

我笑：“他那样儿的也管不了这事儿，回头自己再跟着咱们一起挨揍怎么办？”

“不能，他怎么说也是个大人，我就不信高三那帮敢打大人！”

见没人说话，他又补了一句：“以后再不买他家麻辣串儿了，太不仗义！”

“也是，”另一个同学说话了，“也没说非得让他帮我们打架，哪怕呵斥一句呢，就像那谁刚才说的，毕竟是个大人，还能让几个小孩吓住了。”

“人罗锅，胆儿也罗锅。”

打那以后，我们还真就再没去那老头儿的摊子，不但不去，每回还都特意从他摊子前经过再去别家儿，透着解恨。

老头儿估计对我们这点儿小心思心知肚明，仍旧闷头儿忙他手里的活儿，从来不抬头。

那大豆蛋白由于做工粗陋，里面偶尔会有沙子，一般我们吃到也就是随口吐掉完事儿，毕竟谁也不会计较一毛钱一串的东西。

但高三那几位偏偏就计较了。

还是那个大分头，我们骑车经过的时候，他已经拿着竹签子指着老头儿在破口大骂了。

“怎么办？嗯？老逼头子我问你呢！”

旁边有人劝他说算了，他把眼斜着一翻：“算了？那么大一个沙子嘎嘣一声就算了？我牙现在还疼呢！上医院，赶紧！嫌上医院麻烦直接赔钱也行，一百！”

“我再给你烤二十串，算赔你的行不？”

老头儿说着从大塑料袋里拽出一把麻辣串儿在炉子上铺开。

大分头一脚踢翻摊子旁边装废竹签子的铁桶，铁桶一直滚到旁边摊子才停下。“你是不是看我小孩瞧不起我？啊？我跟你要一百你给我两块钱的麻辣串儿，你骂我呢？！”

老头儿抬眼看了看大分头，面无表情。

“我没那么多钱。”

“嘭！”

大分头一脚踹在摊子上，炉子里的炭被震得火星飞溅，老头儿一手扶着摊子往旁边一扭头躲过这片火星。

“孩子啊，差不多行了。”老头儿头也不抬地说完这句，继续烤着手里的麻辣串儿。

大分头指着老头儿回头看着自己那帮人：“他跟我说差不多就行了。”

众人哄笑。

大分头伸手去老头儿摊子上装钱的匣子里抓了一把，骑上车子走了，自始至终，老头儿没往匣子那边看一眼。

我们在不远处看完整个事情的经过，也纷纷泄了气。

“妈的，当初还寻思他能帮咱们呢，结果他自己都挨欺负。”

“完蛋。”

转过天，放学时下起了小雨，路边的各色摊子都支起了雨棚。路人们为避雨也都就近躲到棚子下面，顺便吃点儿东西。

老头儿旁边是个卖水果的小两口，几个混混围着他们的摊子在挑水果。

“桃子好吃吗？”一个问。

“好吃好吃！今儿早上刚进的，你尝尝！”男摊主脸上带着小心翼翼地笑。

几个混混一人拿了一个桃子在衣服上随便蹭了蹭就吃起来，女摊主想要说什么，被男的在身后拽了一下，嘴又闭上了。

“葡萄怎么卖？”另一个说着拎起一串葡萄举到面前转圈儿打量。

“葡萄三块。”男的答。

“这么贵，甜吗？”拎着葡萄的那位把手里啃了两口的桃子随手一扔，开始揪葡萄吃。

“干什么啊你们？！”女的忍不住了。

“尝尝啊，不尝怎么买？！”吃葡萄的嬉皮笑脸。

“干吗扔掉我的桃子？！”

“桃子不甜，反正也卖不出去，我帮你扔了。”

几个混子哄笑。

“你们走！都走！我不卖给你们！”女的说着去推离自己最近的那个混混。

“不卖给我们？那你想卖给谁啊？刚才我们还议论说你是不是出来卖的，没想到你自己承认了！”

又是一阵哄笑，男的顿时红了眼，抓起摊子上的西瓜刀准备给自己媳妇儿出气，没注意自己身后还有一位，一脚把他踹了个趔趄，刀也脱了手，再要捡时已被人踩住，随后面门挨了一脚朝后倒去。

几个混子一拥而上正要围殴，一个装辣椒面的铝罐飞了过来，打在其中一个混混头上，辣椒面被震出撒了一脸，那人捂着眼睛蹲在地上连哭带号。

混混们一起转头看向罐子飞来的方向，可老头儿却已经到了他们跟前。

缠腕，踹膝，摘膀子，打肋下，老头儿动作极快却又完成得十分从容沉稳，游刃有余。围观和挨揍的都还没明白怎么回事儿呢，挨揍的就已经躺在地上起不来了。

“差不多就行了。”老头儿说着弯腰捡起那个铝罐，拍了拍上面粘着的泥土，转身回到自己摊子前。

卖水果那两口子凑过来：“大爷，太谢谢了！”

老头儿扭脸儿看了眼这对夫妻，朝男的点点头：“护着媳妇儿是应该的，不过下回记住了，无论如何别动刀子，那东西你掌握不住。”

男的一个劲儿点头，最后大概觉得不够诚恳，又深深地鞠了一躬。

几个混混知道遇到能人了，缓过来之后互相搀扶着走了，其中一个走了几步又折回来。

“大爷，我错了，我以后改，你能帮我把膀子弄回去吗？太他妈疼了！”

老头儿看了他一眼，绕过摊子来到他跟前，扶住那条垂在一边的胳膊一拉一推，那人一声惨叫，随后活动活动胳膊，千恩万谢地走了。

“哎，你说咱们挨揍那会儿老头儿为啥不管？”

“估计他觉得是小孩儿打架，不值得管。”

转过年，过完春节开学后，再没见老头儿出摊。

据说他无儿无女，自己一个人住在附近的巷子里，本来可以靠吃低保过日子，但他不愿被救济，坚持自己养活自己。

我们曾一路打听着找到他的住处，门上挂着把锁头，看上面的锈迹，至少两三个月没开过了。

17

亡命粉秋裤

我上初中的时候，丁老师大概四十出头，任教导处主任，教语文，也是我的班主任。

此人将近一米八，粗壮健硕，两膀一晃有千钧之力，走起路来似砸桩打夯，说句悄悄话能震得屋顶落瓦，啥时候都是一副怒目圆瞪的样子，眉宇间杀气萦绕。

丁老师刚到这学校上班那会儿是教体育的，因其老爹跟校长是老同学，半年后改教音乐，带着学生嚎了不到一年，别的老师纷纷反应丁老师领唱时整个楼层的学生都没法听课，其趁机要求改教语文，因为教主科才能当班主任，而当班主任才方便捞外快。三年后，丁老师带的第一批学生毕业，一个考上重点高中的都没有，几个家长跑到学校来讨说法，被其单枪匹马赤手空拳打出校门。

第二年，为表彰丁老师在工作中的卓越表现，校长将其升为教导处主任。

丁老师是女的，外号丁秋裤。

得此外号是因为她极其爱美，尤其爱穿旗袍，一年四季都不耽误，天儿冷就在里面套条秋裤，再不成就上毛裤。丁秋裤所有的秋裤都是鲜艳的粉红色，她的座驾是辆二八大永久，每天放学都能看见她推着车子几步助跑后一个敦煌飞天般的后撩腿儿上车，可谓落霞与秋裤齐飞，粗腿共夕阳一色。

我本来没有被分到丁秋裤的班级，我妈为此还松了口气，作为同事，她最清楚丁秋裤误人子弟的本领。谁知丁秋裤自己做主把我安排在她的班级里，并向我妈保证一定会重点照顾严加看管。我妈脸皮薄，没好意思硬把我再弄出来，只能领了她的好意，让我先忍一学期，等上了初二再找个由头儿给我换班。

那天中午，丁秋裤吃过午饭溜达到校外买水果，跟一卖西瓜的老汉打了起来。

起因是丁秋裤杀价凶残，卖西瓜的老汉一边儿肉疼一边儿又想做生意，就在嘴上找平衡，说了句“哎呀妈呀，你这老娘们儿太狠了”。

丁秋裤顿时火冒三丈：“你说谁是老娘们儿？！你骂谁？！今儿你把话给我说清楚，我浑身上下哪点儿像老娘们儿？！”

老汉没料到这么句话能给丁秋裤带来这么大的反应，吓得连连后退，一句整话都说不出来。

“你见天儿跟学校门口儿做买卖，不跟着学点儿文化吗？啊？！俺家孩子今年才上四年级，你就管我叫老娘们儿，你懂不懂得尊重女性？！”

老汉仰头看着镔铁塔一般的丁秋裤，心说我能看出你是女性就已经很不容易了，你要求忒高了也。

“哎呀妈呀，气死我了简直，辛辛苦苦如花似玉了这老些年，今儿让一个糟老头子说成老娘们儿了！”丁秋裤十分伤感地拿起案子上的西瓜刀，周围看热闹的以及卖瓜老汉都赶紧往后退了几步。只见丁秋裤伸手搂过来半拉西瓜，在心儿那里剜了一块出来咬了一口：“唉，今天心情好不了了。”

旁边那老汉的心情比丁秋裤还差：“那什么，姑，姑娘啊，那西瓜你买吗？”

“我说不买了吗？你听见我说不买了吗？你们谁听见我说不买了？”丁秋裤说着拿着西瓜刀伸手在面前划拉了一下，大家摇着头纷纷后退，“所以说你们这些农村人就是狗眼看人低，要不是……”

“你说谁狗眼看人低？！”老汉终于忍不住了。

“咋的？！”

丁秋裤撇下那半拉西瓜，拎着西瓜刀两步来到老汉面前，干枯瘦小的老汉顿时被一大片黑影罩住。

“说你不对吗？你说我说你对不对？你说！”

老汉又萎了，认栽地点了点头，把脸扭到一边。

丁秋裤抬手看了下时间：“艾玛！我得回去上课了！”说完把西瓜刀往案子上一撂转身就往校门里跑。

老汉一着急：“哎，你这老娘们儿怎么吃完了不买！”

丁秋裤猛地站住，杀气腾腾地往回走。

老汉一看不好，跳上三轮车一溜烟儿地蹬跑了。

十月份，丁秋裤出了个幺蛾子，要带我们去踏秋，说是让我们这些四体不勤五谷不分的学生认识认识丰收的大自然。

兵马未动，粮草先行。欲踏秋，先收钱。

上课前，丁秋裤从包里翻出一包卫生巾，把里面剩下的那几片掏出来塞包里，让班长拿着卫生巾的包装袋挨个儿收钱。

班长是个女孩儿，当时窘得都快哭了。

每人十块，丁秋裤站在讲台上一直看着班长把钱收完，接过卫生巾包装袋走了。

第二天丁秋裤告诉我们，昨儿那袋钱丢了，为了不让大家再受损失，就不重新收钱了。即便如此，踏秋活动还是要搞的，但由于经费原因，活动内容将会有所变动。

于是，当天下午我们全班人跟着丁秋裤骑行数十里来到她在农村的老娘家，男生挖菜窖，女生扒苞米，一直干到日偏西才让我们走。临走时她妈还抱怨我们不会干活儿，菜窖子挖得不规整，苞米扒得太磨蹭。

我升到初二后，丁秋裤嫌当班主任太累，自己不干了。校长也觉得她教主科太伤升学率，顺势让她回去教音乐。丁秋裤也乐得清闲，每天攥着把瓜子儿四处溜达，偶尔也回体育组玩玩器材。

初二那年运动会前一周，有项目的同学放学后都在操场上练习，有绕着操场跑圈儿的，也有在操场中间熟悉田赛器械的。

我们的操场是个细长的椭圆形，几个学生顺着椭圆的最长直径在练习投标枪，丁秋裤下班路过，觉得这东西挺好玩儿，就支好车子过去要求试一把。

丁秋裤拿起标枪掂了掂，顺着操场椭圆的最短直径一枪投出。

那会儿我跟另外一哥们儿在练长跑，我俩正说话呢，那哥们儿突然身子一抖扑倒在地。我转头一看，一柄崭新的标枪正钉在他肩膀上。我还没做出反应，身后传来一声粗犷的惊呼，随后就见丁秋裤撩着旗袍下摆甩着两条裹着粉红秋裤的大肥腿狂奔而来。

丁秋裤来到近前，一脚踏住那哥们儿后背，伸手就把标枪薅了下来。那哥们儿本来神志还挺清醒，这一薅直接昏厥。

好在是肩膀，流了点儿血之外没什么大碍，丁秋裤赔了那学生一万块钱，这事儿就算拉倒了。过后，校长找丁秋裤谈了次话，说她实在不是当老师的料，干脆别干了。

丁秋裤死活不肯，硬说孩子们舍不得她，拽着校长来到一个正上自习的班级里。

“来来来！”丁秋裤拍着巴掌把学生们的注意力集中到自己身上，“觉得我是个好老师，并且舍不得我走的请举手！”

学生们一听，什么？这货要走了？眼睛里纷纷闪耀出兴奋的火花，可看着丁秋裤那面盆一样的大脸，又不敢不举手。大家你看看我，我看看你，极不情愿地开始举手。

“怎么样？我说的没错吧？我在学生中的威信可高了呢！”丁秋裤

得意扬扬地看了看校长，又转头朝学生们做了个“把手放下”的手势，“谢谢哈同学们，你们都是好孩子，老师特别感动，回头我带你们踏秋去哈！”

校长没说话，出了教室直奔自己办公室打电话给丁秋裤他爸，就一句话：“赶紧把你闺女带走！”

丁秋裤离开学校后，在家附近的商场里弄了个摊位卖服装，后因拒不缴税且疯狂飞踹国家税务人员被拘留。

她老公四处托人把她捞了出来，回家路上丁秋裤因嫌老公办事效率低下让自己在里面多待了好几天而对其破口大骂。丁秋裤她老公也是一位莽汉，气不过，抬手给了她一耳光，丁秋裤随即暴起，俩人把车停到路边下车厮打起来。

其间有热心肠路人经过，看见男人打女人便义愤填膺，上前帮着丁秋裤一起对付她老公。丁秋裤急了，我的老公凭啥你来打？！掉头猛揍那个路人，路人被她连推带踹打到路中央，被路过的货车撞断了一条腿。

丁秋裤这还没等到家呢，又进去了，在里面蹲了两年才出来。

毕业好多年后，偶尔在街上看到膀大腰圆的婶子还会想起丁秋裤来，这位要是生在古代，想必也是一员乱军之中取上将首级的猛士。

彩蛋：

高三那年，我一哥们儿的弟弟上高一，开学没多久，他弟跑来跟我们说班里有人抢他的东西还总打他。

我们哥儿几个带着他弟到他们班窗外，让他弟把那人指给我们看，然后放学之后在操场上把他堵住后带到教学楼后面。

那会儿我们眼瞅着就毕业了，谁也不想惹事儿，于是找了二十来号人心说拿人多吓唬吓唬这孩子，让他别欺负人也就算了。哪曾想这小子是个横货，被这么多人围着依然暴跳如雷，指着我那哥们儿大喊："你打我！有本事你打我！"

我那哥们儿也是个不懂拒绝的人，在对方一再要求下，终于给了他一膝盖，当时那孩子就倒地不起了。开始我们还以为是碰瓷儿，后来看他脸色煞白满头大汗才知道不妙，赶紧送了医院。

经查，那一膝盖把这孩子双睾磕肿，需要住院治疗。

第二天，我们哥儿几个凑好了住院费买了点儿水果去医院看他，一进病房我竟看见丁秋裤正坐在病床前给那合不拢腿的孩子喂水果罐头。

闹了半天这货是丁秋裤的儿子，难怪智商不足虎气有余。

丁秋裤见我们，知道是肇事者来了，起身破口大骂，同病房几个午睡的病号一下子全被整醒了。有个老头儿说了她一句，差点儿被丁秋裤骂出心梗。丁秋裤一把掀开盖在她儿子身上的被子，给我们展示伤势，我们围过去，见他的存蛋处肿得跟个大圆茄子似的，不禁有些唏嘘。

丁秋裤叫嚣说她儿子万一以后有后遗症，她绝不会放过我们。

打人那哥们儿也不含糊，直接跟丁秋裤说让她消停点儿，说这事儿是她儿子先惹出来的，肯掏钱给他看医生已经仁至义尽，再骂的话，我们还有三个多月才毕业，每天收拾她儿子一遍，有本事你就转学。

丁秋裤自己虽然混不吝，但毕竟顾忌儿子，也就不再撒泼。她把我们这帮人挨个儿打量了一下，终于发现了藏在后面的我。

"哎呀妈呀，你也跟他们学坏了。"丁秋裤看着我连叹气带摇头的。

"没有没有，是他们跟着我学坏了。"我说。

当晚回家，我妈告诉我丁老师下午打电话来，说我加入了黑社会。

18

黑车乔

大概是今年三月份吧，那天我走出通州北苑地铁站，天上开始掉雨点儿，我望了一眼公交车站，就一个人在那儿等车，想必是刚走一辆公交车，于是朝路对面儿的一排黑车跑过去。

“大方居北门儿多少钱啊？”我问一辆银色的尼桑。

“25！”里面一平头小哥说。

我扭头走向后面那辆红色比亚迪。

“大方居北门多少钱？”

“30！”

我瞪了车里那胖子一眼，转身回到银色尼桑旁边，拉开车门坐了进去。“走吧！”

平头小哥目视前方微微一笑启动了车子。

“你们串通好的吧？”我问。

“嘿嘿，哥，你挺不好糊弄。”平头小哥乐出了声儿。

我看着他那滑头样儿，也跟着乐了。

到了地方，我跟他要了电话号码，又问他姓什么。下了车，我把他的电话存到了通讯录里，联系人名字那一栏填的是“黑车乔”。

俩月后，媳妇儿有天大晚上让几个闺蜜喊去喝酒，我就给黑车乔打了个电话。送媳妇儿下楼时，他已经停在单元门口了。

黑车乔看见我拿手机拍他的车牌，就把脑袋从车子里伸出来。

“放心吧哥，要是丢了我给你拉回来个更漂亮的！”

我斜了他一眼：“整个北京比我媳妇儿好看的也就我吧。”

黑车乔把头缩回车子问我媳妇儿：“你老公一直都这么不要脸吗？”

媳妇儿笑而不答。

“哥！哥！……光头哥！”

前些天我刚从地铁站出来就听到有人在扯着嗓子喊，一开始没在意，后来听到“光头”二字觉得有可能是喊我，四下里找了找，终于看见黑车乔在路对面那辆银色尼桑里冲我一个劲儿挥手。

我也朝他挥了挥手，心说这小伙儿挺有意思，一开黑车的还整得这么热情洋溢。

“哥你想我不？！”

我不习惯在街上大呼小叫，就朝他走了过去。

“我这样儿的天天想你你不害怕啊？”我扶着车门儿说。

“哥，你都不奇怪我为啥俩月没出车吗？”

“嗯？你俩月没出车吗？没注意啊，我又不是天天跟这儿蹲着看你。”

黑车乔想了想，随后嘿嘿地笑：“也是。”他摸出一盒中南海，抽出一根递给我，我摆摆手，他就自己叼上点着，很快地吸了一口吐出来。“我腿断了，在家躺了俩月。”

“啊？怎么弄的？”

“你回家吗，哥？”黑车乔没直接回答我的问题。

我点点头。

“上车，哥，我送你，道儿上再唠！”

我笑着走到副驾那边儿拉开车门坐了进去：“你是为了揽客才把自个儿腿敲断的吧？”

黑车乔笑着吐了口烟：“哥你比我狠多了。”

我抬手挥了挥飘到面前的烟雾，黑车乔看见，忙把手里的烟狠狠地吸了一口然后扔出车窗外，随后扭头儿把嘴里的烟也吐到外面去。

“那天我去市里办事儿，嫌堵，坐的地铁——”

原来，那天黑车乔从市内回来的时候，在八通线上遇到了小偷儿。

一开始，黑车乔看见一男的紧紧贴在一姑娘身后就有点儿奇怪，当时那个点儿还不是下班高峰期，车厢里空得很。他以为这人是色狼，就过去看了看那姑娘长啥样儿。

“我当时想了，要是那女的长得不好看这事儿我就不管了，反正平时也没人摸，享受一会儿是一会儿。我过去一看，那女的还挺好看，我当时就不高兴了。”

黑车乔刚要喊，发现那男的从姑娘包儿里拽出一个钱包儿。

“我一看原来是小偷儿！妈的，这事儿不管美丑我都得管！”

黑车乔大喝一声“干什么”，过去一把揪住那男的。

黑车乔也就一米七多一点儿，瘦瘦的，那男的能比他高一个头，一开始让黑车乔一声暴喝吓了一跳，回头一看是个干瘪的小伙儿，顿时心里就有了底，把钱包儿往地上一扔，一把掐住黑车乔的脖子：“操！信不信我弄死你？！”

“我当时想骂他来着——我骂人比他牛×，但是他掐着我的脖子我说不出话来，我就伸手握住他的小手指头使劲儿往外掰！”

那人让黑车乔这一掰疼得嗷嗷叫，当时就撒了手，黑车乔就势把那人的胳膊拧到了身后，抡起拳头朝他太阳穴猛凿。

“我想先把他打服了再给送局子里，结果这家伙挺有劲儿，硬把胳膊拧回来跟我撕巴在一块儿。当时周围的人都躲到两边儿去了，被偷那女的也早就把钱包捡起来跑了，根本没人帮我。”

黑车乔说到这里叹了口气，摇摇头。

“但是没办法，闲事儿我都管了，我得跟他打到底。我俩正互相削呢，突然看见一大哥走过来，可把我高兴毁了，心说总算有个见义勇为的了。结果那大哥上来就给我一电炮，当时我就蒙了，站不住，然后他俩一起对我拳打脚踢。”

黑车乔这会儿才明白这大哥跟那小偷儿是一伙儿的，他被俩人打倒在地，最后没办法只好一骨碌滚到座位下面。那俩人伸脚踹黑车乔，但是使不上劲儿，他终于得以喘息。这时黑车乔听到报站，通州北苑到了。黑车乔号叫着突然从座位底下钻出来，把外面那俩人吓一跳，趁他俩愣神儿的工夫黑车乔爬起来跑出车厢，那俩人竟然不肯罢手，也跟着追了出来。

“看他们追出来我就乐了，妈的车站外面就是我的地盘儿，站在门口儿揽活儿的全是我哥们儿，敢追我，出去他们就得挨削。”

黑车乔兔子一样从刷卡机上蹦了过去，后面那俩一看要追不上，大喊了一声“抓小偷”。

围在车站门口儿揽活儿的那帮黑车司机确实都是黑车乔的哥们儿，可那会儿的黑车乔被人揍得口鼻流血，衣服也扯得袒胸露乳，谁也没认出他来。大家光听着有人喊抓小偷，随后看见一个人飞跑出来，离门口儿最近的俩人一伸腿，黑车乔就从一米多高的台阶上飞了出去。

“那一下直接把我摔完了，我心说爬起来，妈的右腿怎么都使不上劲儿，我一看，成三节鞭了！然后那帮傻×围上来还要揍我，我喊了其中一个傻×的名儿他们才认出我来。”

黑车乔当时委屈得都快哭了，他告诉哥儿几个后面那俩才是小偷儿。这几个黑车司机把误伤了自己人的怨气都撒在那两个小偷儿身上了，等警察过来的时候，那俩人早都昏迷了。

“唉，当时车厢里人也不少，一个帮我的都没有，唉，也不知道我图的什么。”讲完事情经过，黑车乔有些感慨地拍了一下方向盘。

我没说话，因为我不知道如果我当时在场的话会不会帮他。

到了小区门外，黑车乔把车停下。

“哥，当时你要在场，你肯定能帮我对不？”

我看看他，使劲儿点了点头。

“哥，你长得就像能帮我的样儿。”黑车乔看着我一个劲儿乐，“咱俩是兄弟吗，哥？”

“你拉我的活儿不收钱吗？”

黑车乔撇着嘴直摇头：“哎呀妈呀，文化人儿真不好弄。”

我笑了笑，把钱塞给他然后下车。

我想回身再跟他说点儿什么，一个大姐急匆匆地从小区里走出来拽开黑车乔的车门儿坐了进去，黑车乔冲我摆了摆手，开动车子，转眼就看不见了。

19

回报社会

一九八七年夏天的一个傍晚，郝效国拎着一塑料袋馒头走在回家的路上。

路边一个席地而坐的外乡青年看到郝效国手里的馒头后直了眼，喉结使劲儿往上一顶又颓然地降了下去。郝效国折回来，看了眼青年身边那只漏气皮球似的军绿色旅行袋，双手把裤腿儿往上一拽蹲了下来。

“戗面儿的吃不？”郝效国说着打开塑料袋拿出一个馒头递给青年。

“我下乡那会儿老能见着狼，那眼神儿我太熟了，真的，直接喂的话手都得叫他咬下来。”郝效国把筷子在桌子上杵了一下，夹起一块排骨搁到郝林碗里，“听故事别耽误吃饭。”

郝林把排骨夹起来丢进嘴里，熟练地吐出一小截儿骨头：“爸，那你到底给了我葛叔多少钱啊？”

郝效国下意识地瞟了老婆一眼，见对方忙着卷手里的春饼根本没空儿搭理他，就端起酒盅吱儿了一口。

“一百。”

“你那会儿干半年还攒不到一百呢！”老婆白了他一眼，把卷好的春饼端起来往嘴里送。

瞅着老婆吃春饼的样子，郝效国的喉结像故事里那个青年一样上下动了一下，回过神儿来：“林林，你爸我可不是吹牛儿，那会儿的十块钱，正经顶现在一百多呢！哎，这事儿等将来你讲给你儿子听的时候……”

“你咋知道指定是儿子？就不能是个闺女啊？女的有啥不好？”老婆嘴里塞得满满的冲郝效国直翻白眼儿。

“……或女儿听的时候，”郝效国边说边拍了拍老婆后背帮她把春饼咽下去，“那就得说成一千，要不然没感觉。”

外乡青年瞪大眼睛梗着脖子不动了，郝效国见状赶紧上前又是捶后背又是抹前胸，总算把那口气儿给顺出来了。

“都是你的，别着急忙慌，慢慢儿吃。”

郝效国把塑料袋塞到青年手里，起身就走。青年一嘴的大馒头喊不出声儿，只得冲他的背影使劲儿挥了挥手里的半拉馒头，然后又狠狠地咬了一口。

眼瞅要吃完第二个馒头，外乡青年发现自己身上夕阳的光芒突然被什么东西挡住。抬头，见郝效国不知啥时候又站在了自己面前。

青年一愣，忙把剩下的馒头举起来伸过去：“大哥，我就吃了俩。”

郝效国笑着把馒头推回去，从公文包里拿出一个信封，四下里瞄了一圈儿后打里面拽出张十块钱的钞票递给青年。

青年愣住了，没伸手。

郝效国不由分说地把钱塞进他的上衣口袋，哼着歌儿走了。

“你葛叔脑子好使，当时看了一眼我那信封上的单位就记住了。一九九五年突然找到单位在大门口儿蹲着堵我，拉我一起下海做生意，我没敢。一九九八年他又来了，那会儿我刚下岗，就跟着他一起倒腾建材，没想到还真成了。”

郝效国抬手摸了摸郝林的小脑袋瓜儿。

“所以说啊，能帮人一把就帮人一把，谁都有遇着难事儿的时候。你爸当年要是没帮你葛叔，你现在能要啥有啥吗？”

郝林停下悬在椅子上不停晃悠的双腿，看看还在跟春饼较劲的妈妈，认真地点了点头。

奋力分开人群的郝林举着三张门票来到老婆和女儿面前。

“这长假刨去排队还不如个周末！”郝林拽了拽挤皱了的T恤，胸前的格瓦拉被扯得直做鬼脸。

郝太太不以为然地捏着几张景点的宣传册扇风儿：“平时也得有工夫出来啊！……哎？买三张票干吗？咱家琪琪才五岁，不用门票的。”

“咳，咱琪琪长得高，多花点儿钱买张票，省得到时候万一让人说了不好看。”郝林把票给女儿拿着，分别牵起娘俩的手往入口走去。

没走几步，郝林就被一个破搪瓷钵子拦住了，顺着拿钵子的手一路看过去是个干巴老头儿，肥大的脏衬衫只系了最上面的扣子，下身套一条带彩绣图案的牛仔七分裤，脚下踩着双随时准备拉倒的人字拖。对方并不说话，只是不停地颠着钵子，一些藏在几张一元纸币下面的钢镚儿们在里面哗哗作响。

郝太太拽着郝林绕开老头儿继续朝前走，郝林边走边回头看了眼老头儿，眼神里带着那么点儿尴尬和愧疚。老头儿被郝林这一瞥所鼓励，攥着搪瓷钵子哗啦啦地跑过来再次拦到郝林面前。

郝林松开拉着自己媳妇儿的手，打开腰包儿抽出张五十的扔到搪瓷钵子里。老头儿原本灰黄的俩眼珠子顿时亮得跟对儿猫眼儿石似的，把那张大票儿拣出来揣好后围着郝林一家转着圈儿鞠躬。

还没来得及享受这份儿恭敬，郝林腰眼儿让媳妇儿狠狠地捶了一下。

“有病啊？！”媳妇儿眼睛瞪得不比老头儿小。

“五十算个啥？搁我爸刚遇着葛叔那会儿也就几毛钱的事儿！”郝林说完朝老头儿和蔼地一笑，示意他忙去吧。

老头儿走了，郝林瞧了身边儿沉着脸不说话的媳妇儿，摇摇头，一脸的恨铁不成钢。

“人这一辈子谁还没个山穷水尽的，是不是？能帮就帮一把，没准儿人家过去这个坎儿就发达了。”

“得了吧！刚才那老头儿能不能活到端午节都难说，还发达呢。”

排在郝林前面的男胖子回头看了他们一家三口一眼，面无表情。

郝林一皱眉：“啧，咱能悄悄地吗？！哪有你这么大声儿反社会的？！”

“哎？！我怎么就反社会了？！”

“你这不叫反社会叫什么？不就给乞丐点儿钱吗？啥大不了的事儿啊，你跟我这儿脸不是脸鼻子不是鼻子的？”郝林回头找刚才那老头儿，看了一圈儿终于发现他正兴奋地跟另外俩年轻的乞丐说着什么，边说还边指着郝林这边儿，郝林再次朝老头儿笑了笑，“你看那大爷多开心，看他开心我们难道不开心吗？”

媳妇儿扭头儿望了一眼那老头儿：“不开心。”

“你呀，得学着回报社会。”

“那是你们公务员的想法，我们当乙方的不报复社会就不错了！”

男胖子无声地笑起来，郝林站在后面瞅着他笑得直哆嗦的肩膀叹口气直摇头：“光带孩子出来旅游见世面哪行，父母不以身作则，孩子怎么能见到人性最真的一面？就拿我来说，当初要不是我爸……”

话唠到一半儿，郝林觉得有人在身后拽他胳膊，回头见是刚才那俩跟老头儿站一块儿的年轻乞丐，俩人见郝林转身，忙把各自手里的器皿举到郝林面前。

郝林一愣，下意识地看了眼媳妇儿。

媳妇儿冷哼一声：“继续啊，回报社会。”

郝林咽口唾沫也哼了一声，拉开腰包儿，每人二十。

俩年轻乞丐千恩万谢，其中一个跑去跟前面的胖子要钱，让胖子一声中气十足的“滚”给喝出去七八步。郝林眉头一紧，刚要张嘴说什么，三五个不同性别规格的乞丐围了上来。郝林两条眉毛立马拧成麻花儿，媳妇儿这会儿也有些害怕，俩手紧紧抓住他的胳膊。

“没有了没有了！今天回报社会到此为止了！”

郝林躲着面前的那些个讨饭的家伙什儿，可乞丐却越聚越多，不知都打哪儿冒出来的，他的声音完全被各种口音调子的“行行好”或“帮帮忙吧”给淹没了。

周围一起排队的人们开始远离郝林并先后举起了手机，郝林护住老婆孩子清了清嗓子正要说话，一只手伸过来在他腰包上摸索着抓住拉锁。他忙松开牵着的女儿把那只手从腰包上扯下去，却又觉得有人在身后解他的腰包，郝林回头，一个半大小子一边儿解着他的腰包一边儿念叨着“可怜可怜吧”，面带微笑。

郝林一把推开半大小子：“哎？！哎？！干什么你们？！”

媳妇儿见不远处站着个水蛇腰的保安，忙挤出乞丐堆儿跑过去：“您好！麻烦您管管这些人行不行？！这都快成抢钱了！”

保安一脸暧昧不清的微笑，朝郝林那边儿喊了一声：“哎！文明求助，有序乞讨！”

乞丐们压根儿没搭理保安，仍旧跟群小猪崽儿似的争先恐后地拱着郝林这头老母猪。

“哇——”

连挤带踩的，琪琪哭了。

听到女儿的哭声，媳妇儿也急了，站在圈儿外朝郝林大喊：“孩子！”

郝林俯身抱起地上的女儿冲出来交给媳妇儿，再回身时可就红了眼。他一把抢过面前一只巨大的搪瓷缸子，另一只手抓住离自己最近的胳膊，沿着胳膊找到一颗长着花白头发的脑袋，搂紧后抡圆了搪瓷缸子一下一下地往上猛凿。

警察赶到的时候，郝林已经放倒了好几个乞丐，手里还是那只搪瓷缸子在上下翻飞。

“为啥打人啊？”

正瞅着墙上“坦白从宽，抗拒从严”标语的郝林回过神儿来，看了眼坐在自己对面的警察。

“他们管我要钱，我不给他们就动手抢。”

另一间屋子里，媳妇儿搂着惊魂未定的琪琪坐在一张桌子前，对面也有个警察。

“不管怎么样，你老公先动手打人就不对。”警察说着端起桌上的茶杯吹开沫子烫烫地喝了一口。

媳妇儿点头。

“那些人常年在这一片儿乞讨，我们给抓起来送走过，没几天又都回来了，我们也没办法，总不能都给毙了吧？”

媳妇儿又点头。

“回头医院验伤报告出来了，你们赔点儿钱就行了，别担心。”

媳妇儿再次点头。

“谢谢警察叔叔。”琪琪说。

走出派出所，郝林的电话响了。

“啥事儿啊？我搁外地呢，长途挺老贵的。”

电话那头儿的男人听起来有些兴奋：“郝总，你自个儿还不知道呢吧？你火啦！你单挑丐帮的视频让作业本儿转了，这会儿都三万多转发了！那大茶缸子让你使的，都说你是当代李元霸！你没事儿吧现在？大伙儿都……”

郝林挂掉电话打开微博，刚扒拉两下就看到自己打人的那条微博，他点开视频，画面里，自己敲晕一个老太太之后又回身拽过来一个老头儿摁在地上揍。

媳妇儿在一边儿跟着看完视频，扭头又看看郝林：“评论里都咋说？”

郝林深吸一口气，点开评论，发现大部分都是骂他的。“这种人都能找着老婆，也是醉了。”“他老婆平时估计也没少挨揍。”“禽兽不如，不给钱也用不着打人啊。”“又是东北的吧？”……

“傻×真多。”郝林骂了一句后关掉微博。

郝林走进单位，一路低头直奔自己的位置坐下，看着Windows的开机画面发呆。

“郝总，你太猛了！”一女同事路过时说。

郝林斜了她的背影一眼，小声嘟囔道：“你懂个屁。”

在电脑上登录微博后，郝林望着右上角那一万多的评论数呆住了。

“那什么，郝哥，”刚才的女同事不知啥时候又溜达回来，“新来的人事小刘不懂事儿，在那段儿视频下面艾特你说真能打……”

郝林闭着眼睛摆摆手示意她别说了，然后开始动手删微博。

“事情，你确实是有苦衷的，一个男人，身后是老婆孩子，谁遇到这种事儿都得急眼，正常，我能理解，不但理解，我还很支持，当时我要在场，我必须得帮你一起揍那些人！”

郝林浅坐在茶几旁的沙发上，冲对面一个梳大背头的中年男子点着头。

“不过支持归支持，小郝啊，局里在舆论上的压力你也要体谅啊……”

郝林接着点头。

“明白，孙局长您放心，我这就办理辞职。”

这回轮到中年男子点头：“好，拿得起放得下，你在家休息一段儿，陪陪孩子，一俩月过去谁还认识你是谁啊？到时候我再看看，安排你去别的地儿。”

郝林道谢后起身开门出去，中年男人点着根烟抽了一口靠在沙发上自言自语：“反社会人格儿啊根本就是。”

郝林走出机关大楼时，路灯都亮了。他拎着公文包来到车站，想了想又迈步沿着路继续走。

路边盘坐着一个十五六岁的小姑娘，面前用粉笔写了行字：求好心人给三块钱买包子吃。

郝林目不斜视地从小姑娘身边走过，走出十来步后站住，回头望了小姑娘一会儿，又转身返回。

正瞅着地面发呆的小姑娘见有个影子在她身边停下，忙抬起头来：“叔叔帮帮我吧！”

郝林四下里看了看确信没人注意自己，遂抬脚把小姑娘踹倒在地后匆匆离去。

20

赵手段

赵守端的老爹是个商人，在赵守端六岁时被多年的合作伙伴算计，亏了一大笔钱不说，自己也差点儿进去，从此不再做生意，弄了辆车开出租。

但赵守端的老爹不恨那人，他跟赵守端说，“目的总是证明手段正确”，自己做生意时也没少干旁门左道的事儿，被人坑了那是自己手段不行，怨不了别人。

赵守端记住了这话，平时总念叨，上高一时终于落下个“赵手段”的外号。

赵手段上学晚，高中毕业都二十了。高考那几天他刚好发烧，有点儿小失利，考上本市一所不怎么样的大学，一生气没去读。其实他知道自己就算不发烧也考不上一本，但毕竟因病落榜要好听些。

在家待了一年多，赵手段的老爹在市里给他找了个四星级酒店门童的营生。

赵手段上学时是校篮球队队长，一米八三，麦色皮肤，身材健美，长得有点儿像年轻那会儿的万梓良，深受各年龄段的女人喜爱。

那天傍晚，一大家子人来酒店入住。

帮他们拎箱子上楼时，赵手段被那群人里的一个女孩美呆了，进了房间后忘记把箱子放下，就那么一手一只大箱子地站在那儿，直勾勾地看着那女孩。

“辛苦啦，小伙子。”

一个老头儿把一张百元钞票塞进赵手段的上衣兜儿，拍拍他肩膀示意他可以把箱子放下来。

赵手段这才如梦初醒般撂下箱子，一步三回头地走了。

没人知道赵手段怎么跟那女孩谈上恋爱的，有人说是那女孩后来跑下楼主动找的他，也有人说赵手段夜里打电话去女孩房间，告诉她自己其实是个富二代，被老爹发配到自家的酒店体验生活。

大家比较倾向于第二种说法，因为那女孩跟赵手段好了不到一个月就掰了，原因很简单，他没钱。

跟那女孩分手当天，赵手段就脱下制服不干了，回家告诉老爹自己要做生意赚钱。

“你是那块料吗？”老爹问他。

“不知道。”

“那你自己觉得呢？”

“我自己觉得是。”

老爹点点头，答应出钱给他在服装城弄个摊位。

“这也叫生意啊？”

赵手段觉得还不如当门童体面呢。

“我当年是走街串巷挨家挨小馆子卖味精起家的，你觉得呢？”

赵手段没话说，第二天就去南方进货了，下火车还没出站钱就被偷了。

老爹说不怪他，出来混谁都得先吃点儿亏，自己一九九五年刚开公司那会儿曾经被一个人骗走了二十万，没好意思告诉赵手段他妈实话，撒谎说是公司财务没看住，卷钱跑了。

不怪是不怪，但老爹不肯再出钱，要赵手段自己想办法。

赵手段想了想，威胁老爹说要是不出钱就把刚才他说的那事儿告诉老妈去。

老爹一愣，乐了。

赵手段终于练起了摊儿，他发现自己比较容易做成女性顾客的生意，就干脆只进女装。一年后又兼卖内衣。

“小伙子，你觉得我穿多大码的合适啊？”

一大妈问赵手段。

赵手段抬头，大妈朝他把胸一挺。赵手段看了看，伸手摘下一件黑色蕾丝的往自己胸前一比。

“这个就挺合适，聚拢型儿的，您老伴儿准喜欢。”

大妈接过内衣翻来覆去地看：“哎哟，我那老伴儿走了也有十来年了。我上个月跳舞的时候认识一老头儿，这两天处得有点儿超友谊，我合计不定啥时候心里一热乎就给领家里了……”

“大妈！大妈！您甭说了，给您打八折拿走。”

赵手段二十六岁的时候，之前跟他好过一段的那女孩儿结婚了，老公是本市一外来暴发户，比赵手段还大十岁，脑满肠肥。

那天赵手段一早骑车去服装商城，路上见到宾利车队，婚车里坐着那女孩，依偎在肥猪一般的新郎身上。

赵手段低头看了看自己这辆破自行车，掉头往回骑。

“爸，教我做大生意吧。”

老爹嘬了口茶，把茶壶搁到茶几上。

“妈的，我以为你两年前就会来找我说这事儿，谁想到你愣是卖了五年胸罩儿！”

赵手段跟着老爹访了几个老友，终于拿下了个不大不小的工程，给本市的几个抗日英雄立纪念碑，就在市中心的广场上。

赵手段起早贪黑地在工地盯了一年，尾款到账后，他跑去注册了一家房地产公司。

“房地产我当年都没敢碰。”

老爹有些担心。

“大不了再回去卖胸罩儿呗！”

赵手段倒是想得开。

老爹抬头看了看比自己高出一头的赵手段。

“守端，你那公司缺人不？”

有老爷子当军师，赵手段的公司一直顺风顺水。

曾有风水师跟赵手段提出给他公司看看风水换些摆设，赵手段则把坐在透明办公室里的老爷子指给对方看。

“瞧见没？那是我爸，他就是我这公司的风水。”

赵手段三十岁生日那年，推了所有朋友的饭局，带着老爹找了个小馆子喝酒。

“你咋不交女朋友呢？你不会是钙吧？”

老爹呷了口白酒问。

“爸，那叫gay，你介意我是gay吗？”

老爹想了想，摇摇头：“只要你高兴，爱是啥是啥。”

“爸，我不是gay。”

“那就好。”

爷儿俩都乐。

“那你咋不找女朋友呢？”

赵手段不说话，跟老爹碰了一杯。

“还惦记那姑娘呢？叫小什么来着……”

“钱晓曦。”

“她不是都结婚了吗？”

赵手段两股眉毛拧到了一起，摇摇头摸出盒儿烟来抽出一根给老爹叼好点上，然后自己也抽上一根。

“不知道，就是不甘心。”

“……所以你玩儿命赚钱就为这个？”

赵手段抬起头看着老爹。

“行吗爸？”

老爹扑哧一乐。

“当然行，那会儿我就是因为认识了你妈才不卖味精，开始做大点儿的买卖。动机越原始就越有动力，别想那些什么光宗耀祖造福社会的，瞎扯。”

赵手段的公司跟另外一家公司围绕一块地皮展开了旷日持久的争夺，双方实力相当，谁拿到这块地皮谁就可以得到进一步的发展，而另一方则极有可能就此离开这张牌桌。

老爹陪着赵手段连熬两宿研究策略，最后得出结论，在资金和关系都不比对方强多少的情况下，要拿到这块地皮只能剑走偏锋，但代价是公司法人可能要坐一到三年的牢。

“怎么样？守端，你要真想要这块地皮，爸就去里面待个两三年。”

赵手段从沙发上站起来，抱住老爹拍了拍他的后背，摇摇头。

“走，爸，请你吃早点。”

陪老爹吃早点时，赵手段接到一个陌生号码的来电，接起来一听居然是钱晓曦。

对方在电话里说自己已经离婚，想要见见他。

赵手段跟老爹说了一声，喝了一大口豆浆后起身就走。

“你都没变。”

钱晓曦看着坐在自己对面的赵手段说。

赵手段笑笑：“其实变了挺多。”

“你结婚了吗？”

“没。”

“那有女朋友吗？”

“没。”

“听说你现在自己开公司？”

“嗯。”

“你现在……”

“跟我在一起吧。”

赵手段打断了钱晓曦的问题。

钱晓曦正要说话，赵手段手机响起来。

是老爹的短信，算上标点六个字儿：地皮已到手。

赵手段忙把电话打过去，关机。

赵手段起身就走，走了几步又回来掏出两张百元钞票压到杯子下面，朝坐在对面的钱晓曦伸出手来。

钱晓曦稍一迟疑，伸手抓住赵手段的手，被他拉着跑出咖啡馆。

老爹坐在办公室的大班台后面嘬着紫砂茶壶里的茶水，见赵手段来了，冲他嘿嘿一乐。

“哟，晓曦也来啦？”

“爸，你到底还是……”

老爹摆摆手没让赵手段继续往下说。

“早上你一走我就吩咐下去了，这种事儿就得干脆，省得回头地皮归了人家咱们再后悔。”

“那你怎么办？！”

“我这一把年纪了，跟哪儿待两年不是待？哦，咱们还得把材料准备一下，估计这两天就得有人来查，得让他们相信这事儿你根本不知情。”

赵手段老爹被判了两年。

这两年，赵手段没事儿就去看老爹，上下打点，老爹除了穿衣和窗户上带铁条，其余的跟住在家里差不了多少。

“这儿还真挺好，主要是听不见你妈唠叨。”

赵手段第一次去探视的时候，老爹笑着说。

“爸，你比我虎多了。”

两年很快过去，老爹出狱那会儿，赵手段的公司已经快上市了。

把老爹接回家第二天，赵手段向钱晓曦求婚。

“这娘们儿明摆着就是冲着你的钱才跟你在一块儿的啊！”

赵手段的哥们儿愤愤不平。

“只要她愿意跟我在一起就行，原因不重要。”

赵手段看了看手机桌面背景上钱晓曦的照片。

“你知道吗，我老爹除了‘目的总是证明手段正确’之外还有句名言。”

“啥？”

“只看结果，不问原因。”

21

红毛丹

妇女节的第二天，丹哥空降到我们这个算上保洁拢共三十来人的小公司。

早上例会，我第一个走进会议室，却看见丹哥早就以公司一把手的造型坐在会议桌的尽头。

他朝我微微抬了抬下巴："叫，叫什么啊？"

"嗯？我没叫啊？"

回头看看跟在我后面的设计总监："耿老师你叫了吗？"

耿老师茫然地摇摇头。

"名，名字。"丹哥恨铁不成钢地皱着眉头。

"哦，Fin。"

"别总整外哎企那一套，中，中文恩名儿！"

"哦，李英俊。"

"名如呜其人哪！"丹哥仰着头，满脸蒋天养的劲儿。

"这应该就是空降过来的那个总监，昨儿晚上加班听老大说的。"

坐下来后，耿老师跟我咬耳朵。

"结巴？"

耿老师撇撇嘴："估计活儿好。"

老大走进来，冲丹哥点点头。

"给大家介绍一位新同事，丹尼刘，以后他就是我们的客户总监，大家欢迎。"

老大说完带头鼓掌。

耿老师在鼓掌之余凑过来："丹尼刘，咂摸咂摸跟阿迪王似的。"

丹哥起身跟在座的各位招招手。

"呃……能与大啊大家一起共事，我呜我也是特特别的高兴。大大家可可以看到，我在表嗷达上有欧些不不尽如人意，啊，但但是我的心因跟你们是没有距离的！”

丹哥点头示意他已讲完，大家如梦方醒开始鼓掌。

老大弄了根烟点上，下面的人也纷纷开始抽烟。

“昨儿我跟丹尼聊到很晚，他对公司，对咱们公司目前的业务状况有些很好的建议，我现在正式授权给他，让他为咱们公司在业务这块儿做一些整改，希望大家给予配合。”

丹哥坐在老大身边，志得意满地跟我们每一个人点头微笑。

接下来就是上周的工作总结汇报，全公司上下就我一人不抽烟，会议室的换气扇又坏了，会开完的时候我已经都被熏哭了。

“FinFin是吧？你来哎一下。”

我正抹着眼泪往外走呢，丹哥在后面叫住我。

“啥事儿啊刘总？”

“来，咱按们聊，聊会儿！”

我没辙，又回到会议桌前坐下。

“我我们是不是不呜该在会议室抽抽烟？”丹哥关切地看着我。

“没有没有，是我们不该在吸烟室开会。”

丹哥笑：“幽幽默。”

本来十分钟就能聊完的事儿，丹哥跟我唠了半个来小时，我开始明白为啥我们老大昨儿跟他聊到很晚了。

其间人事姑娘进来问丹哥电脑的开机密码，要把几份他之前要的文件传给丹哥。

人事姑娘听丹哥说完五位数的密码，记了七个数走了。

“进不去啊刘总！”人事姑娘在会议室门口喊。

“我我去开吧。”

丹哥走出会议室来到他的电脑前输入密码开机。

人事姑娘则跑去自己的电脑前给丹哥发文件。

“刘总我发啦！你快接吧！”

丹哥嗔怪地看着人事姑娘。

“不呜带这么寒寒碜人的啊。”

当时公司正在给野合网做一个推广项目，由丹哥和他带过来的美国“小海龟”一起负责，我则被老大扔过去给他俩做文案和创意支持。

丹哥用一通宵熬出个八十来页的策划案，第二天发给我，让我在文案上做一些调整和润色。

我先把策划案从头到尾看了一遍，感觉实在不怎么样，但又不好说啥，就硬努着开始弄文案。完活儿之后，丹哥就把这个PPT发给了老大。

“Fin，老嗷大让我们过过去。”

半个钟头后，丹哥来找我。

老大对文案不满意，说没有灵魂。我那天茶水喝得有点儿多，心律不齐，就问老大那你觉得什么是有灵魂的文案。

丹哥怕我俩撕巴起来，就拍着胸脯说这事儿交给他，他能让我明白什么是灵魂。

刚回到工位坐下，就收到丹哥发来的图片，接收后打开，发现是“灵魂”二字的百度百科截图。

“你看一下就明白了。”丹哥追来一条QQ信息。

我使劲儿摁住冰凉的心，打开PPT，把所有文案的字体由仿宋换成微软雅黑，重新发给老大。

几分钟后，老大从他办公室出来直奔我的工位。

“对嘛，这才是有灵魂的东西，好，真好。”

老大拍拍我肩膀，咂巴着嘴儿走了。

丹哥随后也来到我身边，把手放在我肩膀上，“怎怎么样？我那那张截图有欧帮助吧？”

我认命地点了点头，从此只用微软雅黑字体。

丹哥大概四十上下吧，一米七五左右，不胖但是小肚儿腆得很靠前，谢顶，但不是常见的全线溃退型，而是釜底抽薪般满头稀疏的褐色发丝，大概由于说话费劲，整个脑袋总是憋得红扑扑，打眼儿一看像颗红毛丹。

他走路内八字而且两只膝盖往里扣得很紧，像是使劲儿在裆下夹着什么东西，平时喜欢抽蓝爱喜，夹着烟的那只手一定要手心向上翻出手腕，像是等着人来给他号脉。

开始我们都以为他是gay，谁知没过几天他在公司发糖。

“我有有有儿子啦，大大家跟着一起高高兴高兴！”

耿老师嚼着糖晃到我身边儿。

“形婚形得够瓷实的。”

去野合网时，丹哥没带我，自己拎了个女式手袋叫上小海龟就出发了。

俩人上午去的，本打算唠到中午跟客户吃个饭套套瓷，结果到那儿不到半个钟头就被野合网总裁轰出来了。

“你只要能拿出来个像样儿的方案来，你要多少预算我给你多少！”

野合网总裁撂下这么句话就摔门走了。

那天下午小海龟在QQ上跟我偷偷说提案实况时，丹哥正坐在电脑前抱头沉思。

两天后，丹哥又去了一趟野合网，这回连小海龟都没带。

谁也不知道丹哥在提案时经历了什么，只知道他回来之后径直走进老大的办公室。

“野野合网那项目别别做了，没没没意思，预预算太哎少！”

当晚，两位中粮的人来到我们公司，说他们集团打算开一连锁超市，想让我们给设计一整套VI（视觉识别系统）。

老大不在，丹哥拽上我来到会议室跟客户商谈具体事宜。

我认为在跟客户面对面坐下的那一刻，丹哥绝对看到了自己签下巨额大单的画面，不然他不会如此兴奋。

丹哥急促地拍着巴掌：“哎呀，好嗷激动好激动，大大啊项目！”

对面两位对视了一下，如果是在漫画里，他们应该也会跟我一样，在后脑勺上冒出一大滴汗来。

中粮那两位客户岁数都不大，谈话气氛相对比较活跃，丹哥决定展示一下自己风趣的一面，于是找了个机会开始讲笑话。

我倒是不反对谈生意时讲笑话，但最好是一两句话就能讲明白的那种。

丹哥这个笑话本身就长，加上他的语言特点，零零碎碎唠了一分来钟才把都让他捂潮了的包袱抖出来。

“啊哈哈哈哈哈。”

丹哥笑的时候倒是不结巴。

我本来想笑几下捧个场的，但看对面二位面沉似水也就没好意思站出来挽尊。

“牛×，讲笑话的最高境界就是你这样儿的，讲完了除了自己谁都不乐。”

其中一个客户说。

接下来这一周，我除了上厕所基本就没出过会议室，每天带着几个人在里面抠文案弄logo。丹哥则当起甩手大掌柜，不管这事儿了。

这天，丹哥陪着老大来到会议室检查工作，我把已经弄出来的一些东西给老大看。

老大边看边点头。

“丹尼，这项目预算多少啊？”

“……我我呃再跟他他们确认摁一下。”

丹哥说着掏出手机走出会议室，包括老大在内的所有人都明白这货其实是忘了问。

“一姨万。”

老大一愣，苦笑了一下。

“Fin，别整了。”

我把笔记本搬回工位上，跑到电梯间透气儿，遇见在那儿抽烟的丹哥。

“咱咱老大不会做生生意，项目都都得养，一上来就赚按大大钱的生意根本就没有！”

丹哥夹着蓝爱喜翻着手腕说。

“真真的，我对对咱们公公司是有长昂远规规划的，可惜啊，不不得施展！”

“刘总！老大叫你！”人事姑娘走出来喊。

“来来啦！”

丹哥把半拉蓝爱喜摁灭在烟灰缸里，快步走回公司。

一个多钟头后，丹哥从老大办公室出来，涨红着脸回到工位上开始收拾东西。

大家从各自的工位上探出头来望了一眼丹哥，又互相对视了一番，彼此都心照不宣地继续干活儿。

“FinFin啊。”

丹哥不知啥时候站在我身后，吓我一跳。

“嗯？”

“我走欧了哈，老大让我离离职。”

“……啊？”我假装刚知道。

“嗯，你挺有潜潜力的，好好好干哈。”

我假装真诚地点了点头。

丹哥使劲儿按了按我的肩膀，回到自己工位上把那只女式手袋往胳膊肘儿上一挂，扣着双膝走出公司，结束了自己在这里为期两周的工作。

几天后的一个下午，我正在工位上干活儿。

坐我旁边儿的耿老师端着茶杯一蹬地滑到我身边儿：“知道丹总月薪多少吗？”

“多少？”

“三万五，税后。”

“……啥？！”

“你别着慌啊，知道他走的时候拿走多少钱吗？”

“多少？”

“整月的工资。”

耿老师说完嘬了口茶水，一蹬地又滑走了。

我坐在那里想了一会儿，起身去老大办公室。

辞职。

彩蛋：

辞职后，我换了家大点儿的公关公司。

上班一个多月后，突然接到丹哥的电话。

“Finnn啊，你也辞辞职了我听说？”

“啊，是啊。”

“那什么，我现按在在这边儿当副副总，主要做汽汽车这一块儿，你伊要不要过过来？跟跟我一起干，我觉得你是个人摁人才。”

“哎呀，我这还没到试用期呢，再说也是朋友介绍来的，不方便走。”

“哦，哦哦，那得得嘞，回头你要嗷是想换换换个地儿，记得找嗷我哈。”

“一定一定，谢了哈刘总！”

我说完想挂电话。

“哎哎，等等会儿，你在哪个公公司啊现在？”

我把公司名儿告诉丹哥，他念叨了两遍，挂了电话。

第二天，我上班的时候在咖啡区看见窗边的位置上端坐着丹哥，在面试。

22

栋梁之才夏毕硕

一九七九年的夏天特别热，五岁的夏毕硕被老夏牵着在热浪蒸腾的柏油路上走。

老夏在路边买了根冰棍儿递给他，夏毕硕就不那么喘了，两条小腿儿跟着老夏疾走，眼睛却专注地盯着冰棍儿，用力地舔。

可冰棍儿还是迅速地融化了，甜丝丝的水儿顺着小木棍儿流到手上，等抬起手来舔，它又顺着胳膊淌到手肘，在那儿汇聚起来，然后滴落尘埃。

夏毕硕那会儿还不知道手肘是个舔不到的地儿，抻着脖子够了半天，举着的冰棍儿又把水儿滴到他后脖颈上。夏毕硕一缩脖儿，伸手抹了放到嘴里一尝，绝望地哭起来。

“别哭！”

老夏说着一把拿过夏毕硕手里的冰棍儿张开大嘴裹住，仔仔细细地吮了一遍，把局势控制住后又递还给儿子。

“硕硕，别哭啊，你将来一定是个人物儿我告诉你！哎，咱是栋梁之才，栋梁之才是不哭的。”

夏毕硕在上一舔和下一舔的间歇抬起头：“爸爸，我为啥是个人物儿啊？”

老夏眼窝儿一下子湿了，他叹口气，微微仰起脸，使劲儿吸了两下鼻子。

“因为你妈为了你，把命都搭上了。”

“产妇难产！家属呢？！”

白大褂上沾着血迹的大夫跑出产房间，门口的几个男女老少一起望向长椅，长椅上，夏毕硕的老爹愣愣地站起来。

大夫朝他跑过去，边跑边说："产妇有危险！保大人还是保孩子？"

老夏表情一滞："确，确定是男孩吗？"

大夫看了一眼夏毕硕他爸："嗯。"

"保孩子！保孩子！"老夏像落在粪堆上的苍蝇一样搓着手，眼睛里闪烁着一丝兴奋。

大夫扶了下眼镜儿，又仔细打量了几眼老夏，随后递过来一张纸。

"签个字儿。"

老夏看了一眼产房门口那些人，接过纸和笔，签字。

老夏媳妇儿被直接推进太平间，老夏和在场的亲属在后面追着哭，等到电梯门关上，他们又都抹干眼泪折回来，趴在保育室看孩子。

"瞧这孩子俊的！"老夏他妈说。

老夏不住点头："是啊，眉眼儿像他妈。"

"好看！越看越亲！得亏孩子保住了啊。"老夏他妈接着说，一张欢喜的脸在玻璃窗上挤变了形。

"爸，给你孙子起个名儿吧。"

老夏看着站在旁边一言不发的父亲。

老头儿沉吟了一下："叫夏不韦吧，下不为例，下回再遇到这样的事儿，保媳妇儿吧。"

老夏把这名字在嘴里念叨了几遍："好，这个好！夏不韦，下不为例。对，爸，咱都有儿子了，下回就保大人。"

两个护士打他们几个人身后走过，听到刚才那句话，用异样的眼神看着他们，走得稍远点儿便开始嘀嘀咕咕。

老太太看在眼里，眉头一皱，抬手打了一下老夏，"瞎说什么呢瞎说的！"

老夏眼睛一亮：“哎，瞎逼说，夏毕硕，这名儿好！”

老头儿咂摸着嘴儿一品，“嗯，好，这个更显得有文化！就叫这个了！”

“夏健！”

老夏听见身后有人喊自己，一回头，丈母娘两口子风风火火地走过来，丈母娘来到跟前，抡圆胳膊抽了老夏一耳光。

“你还我闺女！”

老夏捂着脸：“妈，这事儿不怨我，是难产！”

“难产？！我都问大夫了，是你说要保孩子！畜生啊！我打死你这个王八蛋！”

丈母娘正说着身子就软了下去，老夏赶紧跟老丈人一起，把丈母娘扶到长椅上，自己跑去叫医生，又跟医生一起把丈母娘送到病房躺下。

老夏离开病房时被老丈人叫住：“小夏啊，以后别来了。”

老夏想了想，点点头，走了。

回到保育室外，发现老太太已经把孩子抱了出来，老夏赶紧跑过去逗弄孩子。

“唉，这孩子命苦啊，一生下来就没了妈。”

老太太看着襁褓里的夏毕硕，慈爱的双眸里闪着泪光。

老夏回过神儿来，低头看看夏毕硕已经在意犹未尽地舔木棍儿了。

“硕硕，咱们明年上学吧，好不好？就当为了妈妈。”

夏毕硕把木棍儿撇到地上，一边舔着手指头一边看着老夏点了点头。

“……妈妈用生命换来了我的今天，换来了我坐在课堂上，跟大家一起读书、学习。因此，我更加珍惜这个成为一名光荣的共青团员的机会！我将把全部精力都投入四化建设，为早日实现共产主义贡献自己的一份力量！”

掌声中，夏毕硕腆着胸脯从讲台上走下来，回到座位。站在讲台边上的年轻女班主任鼓了几下掌后侧过脸抹眼泪。

“同学们，”班主任走到讲桌后面站好，并略带哽咽地说道，“我有个提议，直接让夏毕硕同学成为团员，以此向他伟大的妈妈致以最崇高的敬意！好不好？！”

班主任说完，红着眼睛带头鼓掌。

学生们也跟着鼓起掌来，几个女生边鼓掌边擦眼泪。

站在大学门口，夏毕硕瞧见个漂亮妹子正吃力地拎着箱子，忙把自己的行李往后头一背，跑过去不由分说地把那箱子抢了过来。

“来！我帮你！”

妹子一愣，抬头看了看夏毕硕。

“啊，谢谢谢谢！哎，您是学生家长吗？”妹子说着又看了一眼夏毕硕溃不成军的发际线。

夏毕硕摸了摸脑袋，呆住了。

室友们都在忙着整理床铺，只有夏毕硕举着面小镜子来回地端量自己。

镜中的夏毕硕一张白胖的脸，发际线不低头基本看不着。他烦乱地把镜子一丢，躺倒在床铺上长长地出了一口气。

“哟，这就想家啦？”

一干净帅气的男孩走过来拍拍他。

夏毕硕看了看男孩那乌黑浓密的头发，在喉咙里哼了一声。

“我叫张东生，你呢？”

夏毕硕和一个女孩儿从学校附近的小旅馆里钻出来，夏毕硕兀自走在前头。

“哎，你等我一会儿啊！”女孩儿在后面喊。

“我得赶紧回去补一份入党材料！”夏毕硕头也不回，“对了，我那天在‘佳学餐馆’请辅导员吃饭记账来着，你先帮我垫一下！”

女孩儿应了一声，抬头一看，旁边儿就是“佳学餐馆”，又望了望夏毕硕的背影，抿了抿嘴，走进餐馆。

夏毕硕刚走到寝室门口，张东生拎着一袋儿垃圾跑出来，差点儿跟他撞了个满怀。

“赶紧啊老二，收拾一下，突击检查！”

“哦！”

夏毕硕应着走进寝室，寝室里一个人也没有。

夏毕硕站在地中央，一边四下里看着一边习惯性地把双手插进裤袋。突然，他眉头一皱，从右口袋里摸出一只用过的保险套。

夏毕硕把保险套攥在手里转身往寝室外走，到了门口又停下，想了想，回身把保险套塞到一张床铺的枕头下面，然后若无其事地走出寝室。

“都整理好了吗老二？”扔垃圾回来的张东生在夏毕硕身后问。

“嗯。”

“你上哪儿啊？”

“找308的人玩儿去！”

夏毕硕头也不回，径直朝前走，走到308门口时，他回头看了一眼，身后没人。夏毕硕快步来到走廊尽头，转身上了楼。

夏毕硕跟张东生坐在篮球架下，看一群大一的新生打篮球。

“唉，也不知道谁这么缺德，把个用过的套子塞我枕头下面，又跟辅导员说我带女生来寝室过夜。这下完了，本来想在大学入党的。”

“咳，缺德的人多了去了，你也别多想了，放宽心吧。”夏毕硕拍拍张东生肩膀。

“不过也好，这下咱俩不用争那个入党名额了，我之前还担心为这事儿伤了哥们儿感情呢！”

“哎呀，别提这个了，我比你都难受现在，真的，我真希望是你入党。”

张东生吸了下鼻子，搂过夏毕硕的脖子拿胳膊肘使劲儿勒了勒：“好哥们儿！毕业了别忘了我！”

“嗯！”夏毕硕眼圈儿也红了起来。

那天下午阳光特好，两个人坐在那儿像一幅哼着歌儿描出来的水彩画。

“简历上说，你在大四就入党了？”办公桌后面的眼镜儿男问。

夏毕硕点点头：“是的，当时我们系一共就两个名额。”

眼镜儿男点点头：“对薪资有什么要求？”

“我自认自己能力很强，但没有做出有说服力的成绩之前，任何要求都是没有依据的。所以一开始就按照公司正常的标准好了，等你们认识到我的价值再谈薪资也不迟。”夏毕硕正了正身子，“我相信你们是识货的。”

眼镜儿男抬头看了夏毕硕几秒钟，起身朝他伸出手来。

“欢迎加入腾俊！”

咖啡馆里，夏毕硕跟一个女孩面对面坐着，女孩不住地拿面巾纸擦眼泪。

“你好可怜，一生下来就没有了妈妈。”

夏毕硕面容哀伤：“但她却给了我最深沉的爱，真的，我活到今天三十二岁，从来就没……”

“啊？你三十二岁？介绍人跟我妈说的是二十九岁啊。”

“是二十九岁，我记错了，我记的是虚岁。”

“有这么虚的虚岁吗？”

“当然有啦！欸？你文科生吧？”

女孩点点头。

“那难怪，很少有文科生知道这个，我出生那年是闰年，那月也是闰月，哎，这一来二去的，周岁和虚岁它就拉开距离了。我这是还年轻，等我六十岁了，那虚岁可就八十一了我跟你说！”

女孩眼睛瞪得圆圆的：“真的假的啊？！”

“啧，我骗你干吗？”

“那你可够显老的。”女孩捂着嘴乐。

“咳，这不是学理科烧脑子嘛！哪像你们文科生，每天吟诗作对的就把这四年混过去了，我们那可都是真学东西啊！”

“哼，了不起咩？”

“反正给你当老师够使。哎，要不咱们出去走走吧？”夏毕硕举着眉毛问女孩。

女孩点点头。

夏毕硕马上直着脖子四下里张望吆喝：“嘿！埋单！人呢？！埋单！”

一个服务生快步走过来把账单放到桌上。

“我来！我来我来！”夏毕硕抢过账单瞥了一眼，“哎呀，没零钱。”

服务生一愣：“先生，您一共消费两百元整。”

夏毕硕看了看对面的女孩，又瞪了服务生一眼：“我是说我没带现金。”

“我来吧。”女孩说着拿出信用卡递给服务生。

“请问有密码吗，小姐？”

“没有。”

“好的，您请稍等。”

夏毕硕和女孩枯坐着，谁也不看谁，又都在余光里留意对方。

“哎，你叫什么名字来着？”

“崔子珊。”

“哎呀，好名字，我这个理科生听了都觉得有诗意！”

夏毕硕走出地铁站。

“到小憩园儿多少钱啊？”他问一个蹦蹦儿。

“八块。”

“七块走不走？”

开蹦蹦儿的老头儿笑：“七块太少了。”

夏毕硕作势要走，老头儿赶紧拧着火儿：“走吧走吧！”

途经一个卖冰糖葫芦的摊子时，夏毕硕开始嚷嚷：“停！停停停！”

“五块钱吧。”夏毕硕下了蹦蹦儿，拿出五块钱递给老头儿。

“说好七块嘛！”

“这他妈还没到小区呢，五块不少了！不要不给了啊！”

老头儿咽了口唾沫，接过五块钱走了。

夏毕硕走到冰糖葫芦摊子面前看了看，玻璃罩里就剩仨了。

“多少钱？”

“两块。”

“一块五吧，你看你这糖都化了。”夏毕硕说着从兜儿里凑出一块五扔到玻璃罩上，“赶紧，咱都早点儿回家。”

“行吧。”摊主把一个化得一塌糊涂的冰糖葫芦拿出来递给夏毕硕。

夏毕硕一边儿舔着流到手上的糖汁儿，一边掏出手机打电话。

“喂？……子珊啊，干吗呢？……嘿嘿，我在回来的路上啦！……可不，你现在可是怀着我们夏家的公子啊！哎，猜我给你买了什么？……你最爱吃的！……这大晚上的哪有生鱼片，再猜！……哎呀，榴莲那东西上火，别老吃，你再猜猜……虾？不对……嘿嘿，也不是鸭脖儿……告诉你吧，笨笨，是你最爱吃的冰糖葫芦！”

夏毕硕腾出嘴来舔了一下再度流下来的糖汁儿。

“……乖，等着我哈，就到家啦！”

“子珊！子珊！你坚持住啊！”

夏毕硕跟着快速推动的担架床一路喊着，直到崔子珊进了产房。

老夏跟夏毕硕一起在产房外面滴溜溜地原地打转，像是拔掉塞子的洗碗池里两块浮在水面上的脏东西。

大夫走出来：“产妇家属！”

夏毕硕跟父亲一起迎上去，坐在一旁的丈母娘和老丈人也起身走过来。

“难产，你们要决定保大人还是孩子。”

夏毕硕看了看老夏，转头对崔子珊父母恳切地说：“爸，妈，我想要这个孩子，这是个男孩，六个月的时候我们去……”

夏毕硕话没说完，已经被老丈人一脚踹翻在地。

老夏赶紧过去扶起儿子："你他妈凭什么打我儿子？！"

"你儿子想要我闺女的命！"老丈人红着眼睛，"大夫！我做主！保大人！"

崔子珊的父母跟着大夫签字去了，夏毕硕抱着父亲大哭。

"这是个儿子啊！儿子啊！"

"别哭啦，这都是命啊，天下有几个女人能像你妈那么无私。不哭啊，咱不哭，咱是栋梁之才，栋梁之才不哭。"

夏毕硕拎着电脑包走进地铁站。

听到手机响，他把电脑包换到左手，掏出电话。

"欸，爸，晨练回来啦？……哈哈，真行……啊，你说上礼拜那个啊？不好，不好不好，长得太丑了……我离过婚怎么了？离过婚的男人是块宝你没听说过吗？……还谁说的，大仲马说的谁说的……哎，对，就是这个道理……嗯哼，嗯哼……唉，你就放心吧爸，这恨嫁的剩女多了去了，随便挑……那可不，多好的姑娘都有我跟你说……那你可真说错了，这条件越好的姑娘她就越恨嫁……为啥？一个女人不嫁人生子，你算个神马东西……对吧？哎，事业再成功都没用，照样儿被人瞧不起……哎，爸，地铁来了，不跟你说了……你就放心吧，你儿子那是栋梁之才，栋梁之才何患无妻？！拜拜！"

夏毕硕揣好手机，在站台上左右张望了一下，迅速找到一个女人相对多一些的队伍，两手举着电脑包从斜刺里直接挤到队伍最前面。

"哎哎哎，挤什么呀？"一个大姐在他身后说。

夏毕硕回头瞅了大姐一眼："挤你怎么啦？！坐地铁谁他妈不挤谁啊？怕挤打车去啊！傻×！"

地铁停稳后打开车门，夏毕硕顾不上争吵，一膀子把旁边一个瘦弱的女孩顶走，自己率先冲进车厢，找了个座位坐下，看着女孩和那个大姐冷笑一声，把电脑包放到膝盖上，掏出手机上微博。

微博上，一个叫“栋梁之才夏毕硕”的ID刚刚更新了一条新微博：“小日本儿！钓鱼岛是我们的！犯我大中华者，虽远必诛！”

23

无畏霍老太

一九九一年暑假，我因鼻窦炎住院。

由于病房短缺，我被安排跟五官科的患者住一个房间，在那儿遇见了霍老太太。

霍老太太那会儿快八十了，将近一米七的个头儿，腰板挺直走路带风，满头银色短发披散着，嗓门奇大，说句话能把隔壁护士吓得把针扎自个儿手背上。

“哎？新来人了吗？！你咋地了？”

我刚坐到病床上，鞋还没脱呢，霍老太太已经从对面床上欠起身，一双无焦的眼睛使劲眨巴着，朝我滴溜溜地转。

我吓得没敢吱声儿，倒是老妈接了话茬儿：“哦，你好。我儿子，鼻窦炎。”

“鼻窦炎。”

“医院太能捞钱了！东北哪有不得鼻炎的？！都来住院那不毁了？现在这大夫都太能捞钱了！”

霍老太太骂骂咧咧，一偏耳朵听见门口护士的小药车吱呀呀地响。

“哟，霍阿姨，你这说谁呢？”护士笑着把小车推到霍老太太床边。

“啊，我说大夫，没说你。”霍老太太边说边把胳膊递给护士声音传来的方向。

“啊？说我啥？”之前给我看病的那个男大夫出现在门口。

霍老太太一缩脖儿，咧了咧嘴：“操，骂谁谁来。”

大夫和护士离开病房后，霍老太太跟老妈唠了起来。我这才知道她住在大农村，一共生了七个孩子，其中四个是儿子。

前段时间她有颗臼齿疼得不行，于是自己灌了半斤白酒，在村儿里找了个敢下手的汉子愣拿钳子给揪了下来。这一揪不要紧，俩眼睛当时就啥也看不见了。医生的解释是胡乱拔牙牵扯到面部神经所导致的失明，属可治愈范畴。

“没事儿！”霍老太太说完一挥扎着吊针儿的手，“我体格子可好啦！那会儿生老三，赶上生产队收苞米，挣不着工分儿心疼啊。我在炕上躺了半晌，一咬牙爬起来，挺着肚子就下地了！”

霍老太太来了精神，坐起来把枕头往后一推靠在上面，曲起一条腿，把没打吊针儿的那只胳膊搭上去，恍惚间仿佛在树下小憩的大侠。

“我挎着个筐正掰苞米呢，突然就觉得下面坠得慌！艾玛，坏了，老三要出来！我看看周围也没男的，裤子一脱躺地上一使劲儿就给生出来了！然后我把腿一劈……”

“你老家哪儿的啊？”老妈怕她越说越限制级，赶紧岔开话题。

“瓦窝儿的！然后我把腿一劈……”

“瓦窝儿我去过啊，瓦窝儿几队啊？”

“呃，二队！然后我把腿一劈……”

“二队胡老三你认识不？”

“胡老三？二队没有姓胡的！然后我……”

“不对？那是我记错了，是顾老三。”

“也没有姓顾的！然后我把腿……”

“那你认不认识……”

“你让我先把腿劈开行不？！”

老妈不好意思地笑了笑，摘下吊瓶牵着我出去溜达。

那天我一夜没睡着，霍老太太那呼噜打得跟两支装修队比着干活儿似的，别说睡觉，睁眼听着都头皮发麻。

打那之后，我每天来这儿打完俩吊瓶就走。

半个月过后，霍老太太隐约能看着东西了，话也就更多了。

“艾玛小伙儿！你怎么那么黑？！”

“艾玛小伙儿！你嘴挺大啊！”

“艾玛小伙儿！你长得太不清楚了！”

“赶紧打，完了咱们看电影去！”

有天下午，老妈一边调快点滴的频率一边跟我说。

“啊？能调快吗，这玩意儿？”霍老太太从床上坐起来问。

“能啊。”

“啊……”霍老太太眯缝着眼睛凑近了吊瓶管子，“你教教我。”

老妈过去教霍老太太怎么弄，老太太大拇指一推调节器上那小塑料轮儿，至少调快了十倍不止。

“你看，人家老太太都比你打得快，咱们再调快点儿。”老妈说着又给点滴提了提速。

这话让霍老太太听见，本来正要躺下的她又坐了起来：“啊？你比我快啊？”

“能稍微快那么一点儿吧。”老妈说。

“我还快不过你那可得了！”

霍老太太伸手再度调快点滴频率。

我看了看对面霍老太太那都快成水龙头的点滴，又看看老妈，没等她动手，自己给调节器一推到顶，然后往枕头上一躺，心想：妈，儿子这是豁出命来给你长脸了啊！

你追我赶中，俩吊瓶就这么打完了。我拔针的时候，霍老太太第二个吊瓶还差一半儿呢。我看了眼睡着的老太太，志得意满地跟着老妈走出病房。

“哎？霍老太太呢？出院啦？”

第二天去医院的路上还惦记着再灭霍老太太一次呢，进了病房却发现她那张床空着。

旁边儿一老头儿冲着我们娘俩直摇头：“别提了，昨天你们嗷嗷打完走了，老太太差点儿过去。现在还搁急救室躺着呢。”

“啊？！打吊瓶打的吗？”老妈吓坏了。

“可不咋地！大夫说你儿子的药打快了最多就是胃口烧得慌，老太太那个不行，打快了要命啊！”

两天后，霍老太太从急救室回来，只字不提比赛打吊瓶的事儿。

老妈觉得是自己害了人家，就跑去陪她聊天儿，得知老太太跟四儿子住在一起，他们一直想在城里买套房子但总没有合适的后，老妈想起我家楼上有套房子正好在出售，就帮她要来了联系方式。

霍老太太也是个行动派，在我出院后不久，她和四儿子一家三口就搬到我家楼上，跟我们成了邻居。

一个月后，我放学的时候看到霍老太太被儿子儿媳从楼道里搀出来扶上了三轮车。

到家听老妈讲了才知道，那天下午，霍老太太觉得热，把农村烧大锅用的吹风机搬到床头对着自己一通猛吹。这农村烧大锅的吹风机就是现在用来给各种巨型充气拱门或者人偶鼓风用的，那功率就甭提了，眼睛大点儿的能把眼珠子吹走。

不到一个小时，霍老太太就觉得自己不中了，半边儿身子动不了不说，还伴着头晕恶心。她挣扎着关掉吹风机，扶着墙走下楼敲我家门，让老妈打电话给她儿子。

大夫说，这也就是老太太体格好，搁别人那基本上就是人生最后一吹了。

打搬过来起，霍老太太就天天跟儿媳妇吵架。

霍老太太比较保守，看不惯儿媳妇平时穿高跟儿鞋。夏秋时节家家都开着窗，我们每天吃晚饭的时候都能听到从楼上传来的吵架声。

“穿个高跟儿鞋那腚都撅天上了！正经女的哪有这样式儿的？！”

纵使隔着钢筋水泥，霍老太太的声音仍然铿锵。

后来，不知是儿子做了媳妇思想工作，还是儿媳妇吵累了，那女的不再穿高跟儿鞋，每次出门都是运动鞋或平底皮鞋。

“听我的还能有错？！”

倒垃圾时遇到老妈，霍老太太摁着楼梯扶手得意扬扬地说。

“农药味儿。”

“是吗？”在我后面锁门的老妈问。

“嗯。”

我跟老妈循着味道往上走了一层，看到霍老太太在自家门口铺了张塑料布，正抱着个铝盆，把里面湿漉漉的大米抓出来放到塑料布上摊开。

“干啥呢霍阿姨？”老妈问。

“啊，家里大米生虫子了，抓不过来，我拿农药洗了一遍，晾晾！”

我跟老妈都惊呆了。

“哎呀，那就不能吃了啊霍阿姨！听到没？千万别吃！”

老妈急了。

“我这不洗了嘛！没事儿，回头做饭的时候还得洗一遍，不要紧！”

霍老太太再也不搭茬儿，只顾闷头儿摆弄大米。

我朝老太太身后她那刚会走的小孙子做了个鬼脸，跟着无可奈何的老妈下了楼。

当晚，霍老太太又被送去了医院。跟她一起的，还有她的小孙子。

俩人都是农药中毒。

霍老太太给小孙子熬了粥，自己吃米饭。

“我妈饭量大，每顿都得吃两大碗米饭。”霍老太太的儿子跟大夫说。

这次霍老太太没能回来，只喝了几口粥的小孙子倒是捡回条命。

几天后的早上，我出门时正巧碰到霍老太太的儿媳妇下楼，她冲我点点头，沿着楼梯继续往下走，一双红色高跟儿鞋哒哒地响。

24

经验

“伤了几个人啊？”

“七个。”

“严重吗？”

“不严重，基本都是皮外伤，哦，有个人脑袋砸一大窟窿，不过也没大碍，已经去医院包扎了。”

“哦，行，我看看，”他示意下属在外面等着，自己推开审讯室的门走了进去。

椅子上坐着一干巴老头儿，花白头发朝一边儿拢着，皮鞋西裤白衬衫十分立整，只是大腿靠近屁股那块儿有个大脚印。眼镜腿儿折了一根，凑合着支在鼻梁上。老头儿抬头看了他一眼，拿着瓶矿泉水的双手下意识地动了动，矿泉水瓶发出稀里哗啦的声响，倒把老头儿自己吓了一跳。

他拉过另一把椅子在老头儿对面坐下。

“抽烟不？”

老头儿摇摇脑袋，眼睛一直盯着他脚尖儿。

他起身把椅子往后挪开一米后重新坐下，抽出根烟来点上：“说说吧，怎么一下子伤了那么多人。”

老头儿抬手把瘸腿的眼镜稳了稳，清了下嗓子，开始讲。

“我是学建筑的，建筑构造学，当了大半辈子工程师，咱们市好多建筑都是我参与修建的……”

“说正事儿。”他不耐烦地吐了口烟。

对方低着头没理他，自顾自地继续说道：“我去年退的休，家附近有个小馆子……”

“说说你怎么一下子伤了七个人。”

“不是我伤的。”

“不是你伤的你怎么在这儿啊？”

老头儿捏了下矿泉水瓶子：“他们硬把我抓来的。”

“哎哎哎，你说话可留点儿神，我们警察不会随便乱抓人的，你既然坐在这儿，肯定是有原因的。”

老头儿稍微一寻思：“哦，原因倒是有，就我刚才说的那个馆子，外面支了个棚子，早上卖炸油条、晚上卖烤串儿，我跟老伴儿每天清早都去那儿吃早点——”

老头儿拉着老伴儿的手走进棚子找了地儿坐下。

“劳驾，四根油条、两碗豆浆！”

伙计把豆浆和油条端上桌，老头儿和老伴儿低头开吃，谁也不说话。

昨夜下过雨，塑料布棚顶被积水压得垂了下来，老板举着个塑料拖把往上撑起棚子，把水从一边排出去。

积水流到地上哗哗的声音引起了老头儿的注意，他扭头看了一会儿，突然放下筷子起身走到老板跟前。

“你这个棚子不安全啊。”老头儿伸出右手拿食指点了点老板。

老板擎着塑料拖把浑身上下打量了老头儿一番：“什么？”

老头儿抹了抹嘴角的油，走到一根柱子前，弯起手指拿指节梆梆敲着。

“这根柱子的位置不对，你把它立在这儿完全起不到支撑作用，”老头儿说着拿手把其他三根柱子指了一圈儿，“基本都是这三根柱子在起作用。”

老板走过来，像红孩儿拄着火尖枪那样拄着拖把：“哦，不对不对呗。”

老头儿眉头一拧："那是要出危险的啊！"

"出什么危险啊出危险，我这棚子搭起来得有小半年了，啥事儿没有，怎么让你瞅一眼就危险了呢？"

"小半年没塌那是你走运，我就是搞建筑的专家，你这棚子最晚一个月就得塌！"老头儿急得直跺脚。

老板把拖把立到一边，一手掐腰一手推了老头儿一把："不是，我这好好做生意呢，你什么意思啊上来就咒我？"

老伴儿跑来抱住老头儿一条胳膊往回拽。

"走吧走吧，哪儿都少不了你！"

老头儿气得张着嘴说不出话来，由着老伴儿把他一直拽出棚子走远。

"后来我再也没去那儿吃过早点，"老头儿拧开矿泉水瓶子喝了一口，"我害怕啊，搞了这么多年建筑，哪个椅子最稳我都能瞧出来，那么大个棚子，看一眼就知道有问题啊！"

他想起手里的烟，下意识地送到嘴边吸了一口："这是什么时候的事儿？"

"大概一个月前吧。"

"后来呢？你再也没去？"

"嗯，过了两个礼拜吧，有天晚上我遛弯儿回来，看一群人在棚子下面吃烧烤，我心里不踏实，就又走进去了。"

木炭炉上吱吱地烤着羊肉串儿，老板和一个伙计跑来跑去的招呼客人。

老头儿径直走到那根柱子跟前仰头看着，伸手轻轻推了推。

"还是有问题对吧？"

老头儿让突然打身后冒出的这句话吓了一跳，抚着胸口回头，见是老板："是啊，很不安全，尤其是下面有人的时候。重新搭一下不费多少工夫的，我可以帮你设计。"

"噗！"老板乐得将军肚乱颤，"叔你别逗了，我这搭个遮雨棚子还找个专家来设计，回头我这大腰子还不得卖五十一串啊！"

"不要你钱。"

有客人催上串儿，老板一边应声一边把老头儿往外推。

"叔，我这儿太太平平的啥事儿都没有，就不劳您费心了，您踏踏实实的该遛弯儿遛弯儿，该喝酒喝酒。"

老头儿站在外面看着棚子里的人急得不知怎么才好。

"我在外面站了好久，最后实在没办法才走了，"老头儿叹了口气，"那家馆子的老板太无知，说什么都听不进去。"

他又点着一根烟："那今天是怎么回事儿？"

老头儿挠了两下脸："今天，今天我老伴儿想吃油条，我说咱们买回来吃吧，就让她在家等着我下楼去买。"

老头儿拎着个保温壶走进棚子。

等着伙计给盛豆浆的时候，老头儿下意识地瞅了瞅那根柱子。

"吱。"

柱子不知什么地方响了一声。

老头儿拽着伙计就往外跑，边跑边喊："棚子要塌了！棚子要塌了！"

伙计手里攥着把盛满豆浆的大汤勺，豆浆一路撒到棚子外面。

老头儿一直跑到街上才站住脚，一回头却被赶过来的老板劈胸揪住衣领。

“你回去干活儿吧，”老板跟伙计说，一双眼睛瞪得跟桂圆似的一刻不离老头儿的眉心，“不是，叔，你到底怎么个意思？我跟这儿做个小生意碍着您什么了，您这几次三番的啊？有完没完还？！”

老头儿挣巴几下见没什么效果，无奈地放弃了：“你这个棚子真的很危险，万一出了事儿，你负得起这个责任吗？！”

老板撒开老头儿的衣领子，回身儿朝离自己最近的柱子连踹两脚。

柱子纹丝儿不动。

“瞧见没？瞧见没！就我这腿，大公交挨一下也得折，踹柱子上根本没反应，稳不稳您说！”

“我说的不是这根。”老头儿说着趁老板不注意跑进棚子，来到一直备受他关注的那根柱子前。

老板也跟着跑进来，指着老头儿面前的柱子：“这根是吧？”

“就是这根！”

老板二话没说一脚上去。

比之前那根还稳。

老头儿摇头：“你这个角度和方向不行，得在这个位置……”

没等老板反应过来，老头儿已经伸出双手抓住柱子往怀里一带，柱子随着一声脆响朝老头儿这边靠拢了一点儿，紧接着另外三根柱子此起彼伏地一阵乱响，整个棚子呼啦一下完全坍塌，把所有人都扣在了下面。

大家惊叫着灰头土脸地爬出来，伙计脑袋被横梁砸了个窟窿，血顺着脖子流下来染红了白围裙。

老头儿是被老板从棚子底下揪出来的，后者额头青筋爆裂。

“谁报个警，劳驾！不能让这老头儿跑了！”

老头儿也一点儿没服：“怎么样？！我说的对不对？是不是那根柱子有问题？”

“哪根柱子也他妈没问题！有问题的是你！”

惊魂甫定的人们也围上来对着老头儿指手画脚，七嘴八舌地指责他。

“愚昧。”老头儿把手里的空矿泉水瓶子捏得哗哗响。

他皱着眉头一把拿过老头儿手里的矿泉水瓶，起身把烟头儿摁灭在桌上的烟灰缸里，手一挥，矿泉水瓶飞进墙角的垃圾桶。

“你倒也是好心。”他说。

椅子上那位点点头：“好心没用啊，谁也不信我。”

“他们的伤你得负责。”

“我负责，没问题。”

“嗯，没多大事儿，赔个医疗费就差不多了。”

他说完伸了下懒腰，被拉起来的衬衫衣襟下，露出磨得都起了毛的皮带。

“腰带有年头儿了吧？”老头儿倒是眼尖。

他匆匆地把懒腰结了尾，低头看着腰带：“是啊，好几年了。”

“换一条吧，快断了已经，多说一个礼拜。”

“不至于，再用一年问题不大。”他说着走向门口，“我让同事进来帮你办个手续，弄完你就能走了。”

“谢谢。”

他看见在走廊里抽烟的下属，喊了一声，挥手让对方过来。

“以后别故弄玄虚，什么一个老头儿伤了七个人，有个还挺严重，我当多大案子呢，不就是知识分子犯轴嘛。”

说完他下意识地摸了摸腰带，抬腿走远。

公交车上，他抓着横杆站着，看着车窗外快速经过的景物发呆。

街边一连几个棚子引起他的注意，大概是想起了什么，他“扑哧”笑出了声。

“啪！”

腰带应声断开。

他一愣，随即笑得更厉害了。

25

滚滚红尘

丽莎王刚到多伦多不久，便开始在一个留学生论坛上混，给自己取昵称为“红尘有我”。她是双鱼座，爱文艺会抖骚，还总在后半夜写几行让人六神无主的小情话，发几张欲迎还拒的自拍照，把一群精力过剩的留学生弄得抓心挠肝。

红尘脸小且清秀，在大头照领域罕逢敌手。每次她的照片一经发出，下面就瞬间跟上一堆点赞叫好吹口哨的，大家看着她俏丽的小脸蛋儿，想象着这样的一张脸该有着怎样曼妙性感的身躯。

有几个行动力强的咸湿佬开始约红尘出来，但她总是恰到好处地保持着高冷，从不直接答应，也不马上拒绝。所有人都觉得自己有戏但又都不曾得手。期间，坛主也曾不怀好意地举办了几次活动，但每次红尘都不参加，一帮糙汉聚在一起感叹了一宿红尘难弄后各自回家，继续看红尘在论坛里表演空虚寂寞冷。

一年后，论坛发展为多伦多第一留学生网站，开始盈利，红尘有我功不可没。

坛主在一家华人商埠里租了块场地，准备办一个大party，邀请所有论坛成员来免费吃喝玩乐。红尘发了个帖，说“一年之后，终于要见到大家，莫名慌乱”。

于是论坛上一片兵荒马乱，单身汉们做健身敷面膜地紧着捯饬自己，姑娘们要么不让自己男友去，要么减肥购物置办行头，欲与红尘一战。一豪放姐姐更是连续三天每天都跟男友要个三五回，并在论坛放出话来：出去耍可以，必须以药渣的形式。

开趴那天，光棍儿们早早地就来到会场，坐在一起死死地盯着入口处，期待着一个窈窕动人的身躯带着那张令人心醉的脸走进来。

可直到坛主都上台致辞了，红尘还没有来。

“哎，那边那个姑娘也是咱们论坛的吧？谁过去给叫过来一起玩儿，别跟那儿干坐着啊。”

坛主在台上看到场地边儿上的座位坐着一个大胖姑娘，扭着脸望向窗外，就让别人去叫她坐过来。

有人走过去拍了拍那姑娘的肩膀，姑娘回过头。

她居然长着红尘的脸！

那哥们儿当时吓得都快没脉了，下意识地往后退了一步。台上还举着麦克风的坛主也不由自主地说了声“我靠”，众人循着坛主悚然的目光望去，看到了坛子一样的红尘。

红尘歪头笑笑，冲大家招手。

“Hi。”

不就身子胖点儿嘛，光看脸不就行了。好些男生在心里反复默念着这句，开始跟红尘喝酒猜拳侃大山。尽管谁都无法掩饰看红尘时那惊诧失望甚至嘲笑的眼神，但那晚红尘自己玩儿得倒是很high，末了甚至上台清唱了一首《滚滚红尘》。

“她倒还真是滚滚的。”

坛主看着台上的红尘喃喃自语。

从此，论坛上的人开始管红尘叫滚滚。

以真身示人后，红尘开始频繁参与论坛活动，哪怕两三个人约出来吃个越南牛肉粉，她也要打车过来凑个热闹。

红尘不到一米六，坐在餐桌前基本就只露个脑袋，因此男生们都还挺乐意跟她一块儿吃饭的。倒是论坛上的姑娘们对自己之前的如临大敌深感耻辱，尤其那个为防红尘撬墙角儿把自个儿男友差点儿日残的大姐，说第四天男友给她买了个按摩棒回来后再也没碰过她，到现在电池都换两回了。

从红人蜕变成谐星后，红尘的网络桃花基本是凋谢殆尽，但女人缘异军突起，几乎论坛上所有姑娘都乐意找红尘吃饭逛街唱歌，因为她虽然脸好看但身材很差，所以平均分较低，适合做陪衬，而且性格温吞乐于倾听，毫无攻击性。

“你唱什么啊红尘，我帮你点！”KTV里，一姑娘问坐在那儿听别人倒苦水的红尘。

“啊，随便点首你觉得适合我唱的就行。”

点歌那姑娘“哦”了一声，稍一寻思，给红尘点好了歌。

“红尘，你的歌。”

红尘忙拿起麦克风，看到屏幕上出现“梦回唐朝”四个大字。

所有人都笑了，红尘笑得比他们每个人都开心。她站起来闭着眼睛假装弹着贝斯，前奏结束，红尘压着嗓子学着丁武的声音唱起来，大家在一旁大笑着、欢呼着，红尘把脸往人少的那一边偏了偏，借着撩头发的动作擦去眼角刚流出来的一滴眼泪，继续扭着，吼着。

“梦里回到唐朝……”

二〇〇五年，我跟一个学电影的哥们儿参加多伦多24小时短片比赛，就是上午九点在市中心的集合地领一个袋子，里面装有一个道具和印着一句台词的纸，短片题材任选，但必须用上那道具和台词。参赛队伍必须在24小时内完成剧本、拍摄和后期制作，然后在第二天上午九点之前把短片交到集合地的主办方手里。

我们决定拍个神秘死亡的惊悚短片，本子写完发现差一姑娘，我跟导演不约而同地想起了随叫随到的红尘。

在电话里，我们告诉红尘需要她过来演个上半截身子栽在浴缸里的女尸。红尘一口答应，说半小时后到。

“我死哪儿？”红尘进屋把外套一脱问道。

我把她引到死亡地点，导演已经事先在浴缸里放好了半缸子水。

“水会不会少了点儿？”我问。

导演从摄像机后面伸出脑袋看了看：“不少，她趴进去就满了。”

我使劲忍住笑，红尘在一边儿却乐了起来，把我带得到底也没憋住。我给红尘示范了一下大概的死法儿，红尘还没等导演喊开始就俯身一头扎了进去。

导演一看这姑娘怎么说来就来，赶紧开机，每个角度都拍过之后喊了声“Cut”，红尘没反应，导演又喊了一声，红尘还是一动不动。

“我操，不会淹死了吧？！”导演赶紧放下摄像机跑过去拿手指戳了一下红尘后腰，红尘突然大笑着从浴缸里抬起头来，把导演吓得差点儿一屁股坐地上。

“哈哈哈哈哈，别捅我，我有痒痒肉！”

原来红尘耳朵被水和长发淹没了，没听见喊“Cut”。

第二天交片后，大家都亢奋得不想回去睡觉，导演建议去附近喝点东西。

“哎，你们身边的朋友有不介意胖点儿女孩的吗？”

在一家临街的小咖啡馆里，红尘再次跟我们表达了她想找个男朋友的强烈愿望。

“有吧，论坛里那个虎哥应该就不介意。”我说。

红尘使劲儿摇头：“不行，虎哥太胖了。”

我看看导演，导演撇撇嘴耸了耸肩。

“那什么，红尘，我觉得你可以试试找老外，他们对这个，嗯，外形什么的要求不是那么高。”

红尘眼睛一亮："对啊对啊，我之前怎么没想到，谢谢你哈Fin！"

"你可真够缺德的。"

回去的路上，导演说我。

"咳，这也是为了她好，让她老在华人圈子里被人笑话你觉得就合适啦？"

导演点点头："也是。"

红尘不再大半夜跑论坛里煽情，而是频繁地参与各类可以深入接触白人男子的活动，甚至连教会都没放过。

"没准儿哪个白人老头儿老太太家里就有个想要找中国媳妇儿的帅哥呢。"

半年后，红尘在论坛晒出一大串结婚照。一套金色婚纱把她裹得像颗费列罗，身边是个高出她近一倍的白人帅小伙儿，红尘使劲儿仰脖儿看着自己的老公，治好了之前泡论坛落下的颈椎病。

好多人都光顾着看照片，没有人注意到红尘的签名档由"一入红尘万古哭"，改成了"c ya"。

红尘在论坛和现实生活中彻底淡出了华人的圈子，那一帖过后，没人再见过她。

彩蛋：

两件事儿。

一是我们那个短片，因为其他方面乏善可陈，最后拿了个最佳音效奖。

二是那年给的道具是个塑料垃圾桶，一帮西班牙学生拿了冠军，他们的短片拍的是几个人在大街上轮番玩儿那个垃圾桶，最后把它烧了。

26

猎户座之怒

老左打小儿就喜欢打猎，几岁的时候就会把树杈锯下来，剥掉树皮用砂纸细细打磨，再拴上医用橡皮管子四处打家雀儿。后来偷家里的钱自己买了把气枪，没事儿就背着往附近的大山上跑，回来时腰上就多了一串鹧鸪野鸡，偶尔也有个把兔子。

上小学时老左全班最高，谁知再往后就净往宽里长，一直到大学毕业老左才明白过来，闹了半天自己是短粗胖儿。

因着他爸的关系，老左在一家国企当了个小头头，每月基本工资将近500块钱，加上各类回扣，每个月能拿回家小一千块。所以老左虽粗短，却娶了个瘦长的媳妇儿。

一九九二年夏天，一个在银行工作的老同学把老左和另外几个朋友叫去吃饭，干了两杯之后，那人告诉大家自己可以批贷款，每人最多一百万。那会儿国内各行各业基本都是空白，有一百万做本钱随便干点儿啥都能成。

除老左之外的所有人都立马拍板儿表示明儿就辞职开干，只有他琢磨半天，最后说觉得这事儿不靠谱儿，没要那一百万的贷款。

“万一赔了怎么办？”回家后面对媳妇儿的埋怨，老左如是说。

“赔了再想赔了的事儿！再说你怎么知道一定就能赔？一不到三十的大男人怎么一点儿闯劲儿都没有。”

“切，要闯劲儿干吗？造反吗？反正咱们家现在已经挺富裕了，踏踏实实比什么不强啊。”

几年后，之前拿了贷款那几位都赚得钵满盆盈，老左虽然嘴上不说，但心里也有些窝火。他从单位辞了职，用这些年的积蓄开了个公司倒腾建材。虽然下海的黄金时期已过，但当时正值全国上下大兴土木，老左也着实小捞了一笔。

老左始终没忘当年媳妇儿对自己的挖苦，为证明自己的实力，他给媳妇儿开了个文化公司。半年后，媳妇儿跟一个比她个儿高的客户跑了。

离婚那天，老左事先准备了好多特起范儿的台词，可到了现场却一句都说不出来，只好沉默着把字签了。

“真的，跟了别人我才知道什么是真正的男人。”

媳妇儿撂下这么句话转身上了新欢的车，老左站在那里一言不发，只恨当时手里没猎枪。

二〇〇四年，老左把公司委托给别人照看，自己带着六岁的儿子一起移民到加拿大，住在靠海的温哥华。

喜欢打猎的老左来到加拿大后如鱼得水，他先后办了枪证和猎人证，一年四季大雁、野兔、野鸭的轮到啥打啥。朋友们都管他叫左猎户，后来又演变为猎户座。

老左家里有个大冰柜，里面满是处理好的野味儿，隔三岔五的家里就要来几个朋友喝上两杯。大家围坐在一起，边吃野味儿边听老左讲那些打猎的趣事儿。

转眼儿子十岁了，老左在自家后院给儿子办了个生日party，其间他跟儿子的小伙伴们大讲自己的猎户生涯。

“……我在湖边趴了能有一个来小时，那群野鸭子就是不往我这儿游，可把我急坏了，它们不过来我那散弹枪的射程不够啊。唉，我想起兜儿里有买猎枪时送的鸭哨儿，就悄悄地掏出来搁在嘴里，那玩意儿还挺管用，吹了几声之后那群鸭子真的朝我游过来了，我等它们游得近了，突然一下站起来，鸭子们受惊一飞，在我面前就散开了，我抬手就是一枪，掉下来四五只！……”

“切，爸爸就知道欺负小动物，算什么男人。”本来是主角却被抢了风头的儿子在一旁说道。

“对呀，左叔叔你每次都说打鸭子，你为什么不打大老虎？”

孩子们七嘴八舌，说得老左面子上有些挂不住，讪讪地笑了笑，起身走了。

“今年咱们哥儿几个一起买张熊票，不能让孩子看扁了！”老左撇着嘴愤愤地说。

“左哥，那玩意儿咱们对付得了吗？”

老左把眉毛一挑：“跟着我这老猎户，你们还有啥好怕的？！”

大家想想觉得也对，老左自幼就混狩猎界，虽然一直没打过啥大物件儿，但是有多年的从业经验摆在那儿，应该没问题。

几个哥们儿各自买了猎枪，到靶场练了几次枪法后，跟着老左跑去相关部门买了张熊票，开始上猎熊培训课，学习如何根据脚印粪便甚至地上树枝被压断的状态来判断熊的大小；如何正确地追踪熊；追上或者遇到熊之后在什么时机开枪以及谁先开枪打哪些部位；等等。

从“猎熊班”毕业之后，老左和几个朋友都觉得自己已经能屠龙了。

“儿子欸！爸爸要去猎熊了！”

看着儿子崇拜的眼神，老左美得没话讲，上次他这么心醉还是洞房的时候，想起修长的前妻，老左心里又有些堵，俯身拿起昨儿擦了一宿的猎枪，带着一股寻仇的情绪出了门。

进猎场不久，老左一行人就看到了一坨巨大新鲜的熊粪，大到没上过猎熊课的人也能看出它的主人个头儿不小。

老左随即摘下猎枪端在手里，身后的朋友们也跟着有样学样。

“熊！”

老左一行人正走着呢，一朋友大喊起来。

老左回身皱着眉头狠狠地瞪了那人一眼，再看那熊，正直着身子往他们这儿瞧呢。这是一头成年黑熊，目测体重在150公斤以上。

“别动，先……”

“砰！”

老左话还没说完，另外一朋友让熊哥看得心里发毛，抬手先给了它一枪。

这一枪打在大黑熊的左肩上，被激怒的大黑熊号叫着朝老左他们狂奔过来。

当时就有两个人腿一软抱着枪坐到了地上，一帮人举起枪朝着大黑熊噼噼啪啪地乱打。

“打脑袋！”

老左稳了稳枪身，大喊着开了一枪，大黑熊左眼应声中弹，扑倒在离老左五六步远的地方。

几个人一屁股坐在地上，互相看了看，发现都尿了。

“老左，你也尿了吗？”

“一点儿没剩。”

老左给猎场负责搬运和处理的人打电话告知了大概位置，半个小时后他们赶到时，老左哥儿几个才勉强能站起来。

一群人在死熊面前一通合影，最后才心满意足地让猎场工人把熊带走肢解。

“以后不能再说你爸只会欺负小动物了吧！”

老左把熊头标本挂到墙上，如释重负地跟儿子说。

跟老左一起猎过熊之后，那几个朋友也迷上了打猎，每年到了季节总要一起去猎场开几枪。

“怎么着老左，今年再买个熊票啊？”

“不了不了，打打鸭子就行了。”

“你就不怕你儿子又说你欺负小动物啊？”

“说就说吧，当真男人风险太大。”

老左说完缓缓地喷出一口烟，看着墙上那颗狰狞的熊头，不由得又有了点儿尿意。

27

立高陈

大连人管冰糖葫芦叫立高，在我还没吃过立高的时候，立高陈在我们那条街上就有一号了。

立高陈跟我家住一个胡同儿，一九八〇年我刚会走，十五六岁的立高陈已经开始帮着爸妈推小车上街摆水果摊子了。夏天的深夜里，只要街上还有人影儿，立高陈他家水果摊子上那盏瓦斯灯就准在，立高陈瘦小的身子在灯下的黑影里叫喊着："西瓜保沙保甜稀巴烂贱欸！"

立高陈的爸妈都不到一米六，他爸还是个偏罗锅儿。在胡同里每次和人打照面都使劲低着头贴墙而过，邻居们有时想跟他打个招呼都没机会。两口子就靠春夏秋卖水果冬天卖立高供立高陈上学。据我妈说，立高陈初二那会儿曾经想要辍学帮爸妈做生意，他爸不同意，又辩不过立高陈，一个人蹲在灶台边呜呜地哭。立高陈孝顺，过去跟他爸说自己不辍学了，接着读。他爸抹了抹眼泪，告诉立高陈，当年自己要是有点儿文化，不至于娶他妈这么矮的老婆。立高陈他妈听到这话从炕上蹦下来，把他爸一直撵到大街上，罗锅儿都差点儿给踹直了。

立高陈成绩不好，高中毕业后没考上大学。那年他十九岁，在我爸单位找了个装卸工的活儿，几个月下来晒得皮肤黝黑，也练了一身的腱子肉。

立高陈扬名立万，是在一个初冬的傍晚。

那天立高陈下班回来，吃完他妈给准备好的饭，照例出去看水果摊子，换他爸回来吃饭。走出胡同儿，就听见他爸摆摊儿的方向传来叫骂嬉笑声和呜呜的哭声，叫骂声倒没啥，那哭声可是太耳熟了。立高陈快走几步抻脖子一望，三个小伙子围在他家的水果摊子前，其中一个正作势要掀摊子，他爸一边竭尽全力地摁住摊子，一边带着哭腔儿求他们放过自己。立高陈不声不响地从街边住家窗外的煤窖子上拽下来一块砖头，一溜小跑儿过去一砖头砸在背对自己那小伙子的后脑勺上，那人连台词儿都没说就栽倒在地。旁边儿那位一愣神儿，立高陈第二砖砸了他一个满脸花，直接捂着脸跪地上不再吱声儿。现在就剩下那个要掀摊子的了，立高陈这时砖头已经脱手，他绕到推车后面，从摊子下面扽出一把平时切西瓜削水果的尖刀来。掀摊子那位见瞬间就倒了俩，立马放开摊子把地上立高陈掉的那块砖头捡了起来，攥着砖头一直腰，看见立高陈捏着把刀双眼血红奔他就来了，吓得手一哆嗦，把砖头又撇地上了。还没来得及求饶，立高陈已经贴上来一把揪住了他，紧接着大腿上就凉了一下，随后两股热乎乎的东西就顺着裤腿儿流下来，一股是血，一股是尿。

这三个小伙子那天倒真是来买水果去医院看病人的，买了一兜子苹果、一兜子梨之后，那个后来要掀摊子的说买了这么多东西，送个香蕉吧，说完没等立高陈他爸表态，就伸手掰了根香蕉。这可把立高陈他爸心疼坏了，抓着那人的胳膊就不撒手。那人欺负他个儿矮够不着，举着香蕉扒开皮就要吃，他急了，往上一蹦一伸手想抢回来，结果把那根香蕉打掉了。那人被激怒，回身要掀摊子，和立高陈他爸正僵持呢，立高陈就登场了。

立高陈被带到了派出所，几个邻居也跟过去给他做证，说是那三个小伙儿欺负他爸在先，但即便如此，伤人已成事实，立高陈还是被拘留了俩月。

那仨小伙儿平时本来一直是四个人，其中一个因为跟人打架住了院，这仨人心说买点儿水果去看看哥们儿，结果被那个不着调的拖累，三人全住了院，跟之前那位断腿的在一个病房，也算团聚了。

立高陈从所儿里出来后，平时市面儿上那几个刺儿头地痞都不太愿意往我们这条街上溜达。立高陈也就一米七多点儿，留一平头，小眼睛薄嘴唇，话不多，走路飞快，见谁都是点点头拉倒，总是带着一股子肃杀劲儿。经过上次那一架，立高陈似乎发现了自己的潜在价值，他晚上不再帮他爸看摊子，而是跟街上几个闲汉混在一起。

转过年过完春节，立高陈从小陈变成了陈哥，脸上的伤也出现得越来越频繁，越来越严重。立高陈他爸的生意再也没有人敢来捣乱，但他总是很不开心的样子，经常愣愣地瞅着一个方向，有时候甚至都忘记给顾客称水果。

小陈二十五岁的时候，已经从我爸单位离职近三年。他跟几个哥们儿凑了点儿钱开了个羊汤馆，就在我家胡同儿对面。

那羊汤馆，是他们这些地头蛇的据点儿，一帮哥们儿天天聚在这里吃喝，吃饱喝足就出去打架。立高陈他们这帮人倒是不欺负老百姓，平时总找其他地痞下手，但下手的时候往往难免伤及无辜。曾有一次立高陈带着一帮人跟铁西的一群混子群殴，事后双方都各有些皮外伤没啥大碍，倒是一个站在边儿上看热闹的被莫名其妙地抡了一铁管，下巴颏儿都打碎了。

有天中午放学，快走到立高陈羊汤馆门口时，里面突然蹿出两个满脸是血的汉子，沿着大街没命地跑。立高陈和几个哥们儿随后也追了出来，立高陈跑得最快，追上一个后使了个绊子放倒，另一个见状也不跑了，回身跟这帮人就拼了命，但毕竟寡不敌众，两人都被揍得不成人样倒在街边。

几天后的晚上，立高陈一帮人正在店里喝酒，突然冲进来一群端着猎枪拎着砍刀的半大小伙子。立高陈几个人被猎枪逼住没法还手，被堵在墙角一顿乱刀砍倒，全都不省人事。

原来前几天立高陈他们打的那俩人是外市两个大哥级人物，这俩人回去将养了几天，就带人回来找场子了。

立高陈在医院里躺了两个多月才出院，除了后脑勺上留下一道两寸多长的疤之外基本没啥大碍，可他那几个哥们儿就没这么好运了，有好几个都被砍伤了胳膊和腿上的筋腱，落下了终身残疾，还有一个因为失血过多没抢救过来。

爸妈的眼泪都扳不回来的立高陈，这下被打服了，或者说，被打醒了。

立高陈把羊汤馆盘了出去，用这钱买了个农用三轮车，开到我爸单位找师傅拿钢筋给后面车斗儿上焊了个架子，又装上活页蒙上塑料布，改成了一个流动的小水果店送给他爸。自己则扛起了他妈的那根一头裹着稻草的木杆子，上面插满了立高，走街串巷地叫卖。

从此，他被人们叫作立高陈。

那天特冷，我中午上学的时候正赶上立高陈扛着满满一大杆子立高往外走，见到我他照例点点头，大步走出胡同儿。

等我也走出胡同儿，看见立高陈被两个人拦在当街。

“哟，这不是陈哥嘛，做买卖啊？”

立高陈看着那俩人，使劲儿从脸上挤出点儿笑来：“呵呵，是啊，天儿冷，就不让我妈出来了。”

立高陈说完要走，被俩人伸手拽住。

“等会儿啊陈哥，还没唠完呢。”

立高陈的咬合肌动了动，停住脚步看着他们俩。

“不是，陈哥，你是真想不起来我俩还是装不认识啊？”其中一个歪着头儿推了一下立高陈。

“铁西老七和老四。”另一个说。

立高陈把扛在肩上的立高杆子拿下来杵在了地上。

“怎么啦陈哥，不混啦？你以前不是挺厉害嘛！”

“厉害鸡毛，还不是仗着人多，现在他那帮人都散了，你看他那熊样儿。”那人说着踹了立高陈一脚。

立高陈抿了抿嘴，拍几下腿，刚要说话，“啪”，那人又扇了他一耳光。

立高陈舔了舔嘴唇，笑了：“行了吗二位？差不多得了。”

那两人互相看了一眼，突然开始对着立高陈拳打脚踢，立高陈转身护着那一杆子立高，默默地抗着。

“来！把他的立高扔地上！”俩人不知谁说了这么一句，还没等动手，立高陈已经转过头来，两眼血红。

立高陈抡起插满立高的杆子横扫过去，几十根立高抽在那俩人脸上，冰糖碴子把两人的脸划得血肉模糊，两人愣了一下，随后撒丫子跑掉了。

立高陈看了看打坏了的立高，叹了口气，拔下一根塞给在一边儿吓呆了的我，随后扛起杆子吆喝着走远。

“立高糖碎了贱卖啦！”

28

廖胖儿

廖胖儿打记事儿起就是个胖子，上高中之前一直是全校罩杯界泰斗，大嘴岔小笑眼儿，透着喜庆好面儿。

一九九一年，廖胖儿十六岁，刚上高中。那年，他在美国留学的舅舅第一次回国。

舅舅带回来很多廖胖儿没见过的东西，包括一罐速溶咖啡，廖胖儿花了好长时间也没弄明白这东西为啥闻着那么香，尝起来却那么苦。但廖胖儿认定这是个时髦玩意儿，每天上学都要冲上一勺儿灌在水壶里带着。一个月之后，几乎全校孩子都知道廖胖儿一天到晚中药不离手，见了他都躲着走，生怕不小心碰一下就会让他吐出一口黑血栽倒在地。

舅舅回美国的第二个月，那罐子咖啡终于让廖胖儿咬牙切齿地喝完了。

“帝国主义真会遭罪啊。”

廖胖儿一边这样想着，一边用手指有一下没一下地敲着空铁罐，觉得声音还蛮带感，就找来两根筷子围着铁罐上下左右地敲起来，直到午睡的老爹起来踹了他一脚才住手。

一年后，十七岁的廖胖儿在电视上看到唐朝乐队的MV，鼓手赵年“今儿敲不死你我就不姓赵”的击打方式让他找到了梦想的方向。

转过年，廖胖儿的乐队成立了。

廖胖儿从一个濒临倒闭的剧团买了一套不知几手的架子鼓，发小儿老六是个富二代，弄了把崭新的贝斯，大东说要把他姥爷的二胡顺出来当主音二胡，被老六撵去学了键盘。最后，廖胖儿又收了一见天儿在他学校门口弹吉他的孩子，乐队正式齐活儿，取名“咖啡罐”。

“咖啡罐”每天放学后都在廖胖儿家楼下的一个小仓库里排练。

乐队成立初期，大家相处得就很和谐，排练时基本上各忙各的互不干扰，廖胖儿自己在后面靠墙坐着闷头儿猛敲，时不时皱着眉头甩几下腮帮子；老六则把贝斯挠出各种诸如叉子划盘子、指甲抓玻璃等令人不安的声音；键盘手大东比较安静，一脸的“别问我为什么在这儿”，用两根食指隔三岔五地杵一下键盘；要说专业还得说那弹主音吉他的小伟，整个乐队也就他有点儿节奏感，但全被其他声音淹没了，只能听到他偶尔嘶哑地吼几声“孤独”啊“飞翔”什么的。

这么折腾了半个来月，“咖啡罐”居然硬是靠不懈地扰民打出了名号，方圆几十里提起“咖啡罐”没有不头大的。

那天放学，廖胖儿蹬着自行车刚出校门就让两个人叫住了。

“你是‘加非罐’乐队的吧？”

廖胖儿一惊，心说坏了，老六这孙子到底把邻居家那个心脏不好的老太太挠住院了。

“啊……是啊。”

“是这么回事儿，这个礼拜天儿我哥结婚，想请你们乐队过去热闹热闹，地点在郊区，不过你放心，车接车送，你要觉得合适咱们再商量演出费的事儿。”

廖胖儿从自行车上蹦下来，脸蛋子上的肉直颤。

“没问题啊，我回去跟哥儿几个打声招呼，礼拜天不是吗？早上就跟这校门口集合吧！”

到了日子，廖胖儿带着另外三个乐队成员早早地就来到了校门口，等了半个多钟头，终于等来了一辆听动静不太高兴的拖拉机。

廖胖儿跟大家对视了一下，率先爬了上去，下面的人把乐器递给廖胖儿，也跟着蹦了上去，一行人突突突地奔婚礼现场而去。

“盘古开天辟地，这世上才有了亚当和夏娃！夏娃补好了苍穹，这人间才有了美满！”

廖胖儿捏着两根儿鼓槌儿，呆呆地看着比他还胖一圈儿的新娘，听着司仪大姐跟那儿胡说八道。

终于，大家都落座准备开吃了。

司仪大姐提溜着裙子走到廖胖儿一帮人身边。

“今天呢，我们有幸请到本市知名摇滚乐队‘加菲猫’来到婚礼现场！大家鼓掌欢迎！”

大家正忙着夹菜，腾不出手，掌声稀稀落落的。

廖胖儿觉得有点儿对不住大伙儿，可看了看另外那三位，居然都一脸的自豪和陶醉。

“哎，你们第一首歌唱什么来着？”司仪大姐回头问正在折腾贝斯的老六。

“*Don't break my heart*。”

“哦，下面请听他们为我们带来的《东北猛汉》！”

司仪大姐根本没给廖胖儿他们纠正的机会，把麦克风往架子上一插，也加入了饕餮大军。

廖胖儿有些泄气，没精打采地敲了个引子，老六随后开始疯挠贝斯，大东盯着桌上的红烧肉一个劲儿戳键盘，小伟使劲儿斜了正甩开腮帮子吃的司仪大姐一眼，对着麦克风闭眼开嚎。

“东北猛汉，再次温柔，欧——”

“换一个！换一个喜庆点儿的！”新郎不乐意了，“干啥玩意儿哭哭咧咧的，东北猛汉今儿结婚，热闹点儿！”

廖胖儿哥儿几个停了手。

“来个《大花轿》！”下面有人喊。

“对！《大花轿》！”

小伟回头看了看廖胖儿，后者无奈地摇了摇头。

小伟回过头来：“对不起哈大哥，不会。”

“操！老二你请的什么玩意儿！给一百块钱让他们走吧！”新郎骂道。

廖胖儿他们觉得一百块实在太过分，不肯走，结果被两家人合力打出婚宴现场，一百块也没拿到。

四个人拖着箱子，个个鼻青脸肿，走在回城的路上。

“哎！等会儿！”

身后有人喊。

廖胖儿等人回头，见一个小伙子骑着自行车追了上来。

“送钱的吗？”小伟问。

廖胖儿摇摇头：“不是来揍咱们的就行。”

“你们是乐队吧？”小伙子一捏闸支住车子。

“嗯。”廖胖儿眼睛被打肿了，有点儿看不清面前的人。

“那什么，白活儿接吗？”

“啥叫白活儿？白干吗？”廖胖儿还是没看清这小伙子长啥样儿。

“咳，白活儿就是死人的活儿。”

廖胖儿回头看了看其他三位，老六率先点了点头：“总不能真的走回去吧。”

“是啊，搞摇滚也得有点儿爱心。”小伟说。

“那行吧。”

廖胖儿使劲儿点了点头。

廖胖儿和大东各自坐在一辆人力三轮车上，老六和小伟抱着各自的乐器在边儿上走，前面的送葬队伍每哭喊一次，廖胖儿他们在后面就跟着那节奏来一段儿。

多年以后，廖胖儿在电视上看到脱口秀类的节目时总能想起当年接的那个白活儿。

高中毕业后，老六跟着他爸南下做生意，小伟当了兵，大东开始在街面儿上瞎混，廖胖儿则考上了本市一所不那么带劲儿的大学。

“咖啡罐”乐队正式解散。

“廖哥！这事儿你得帮帮兄弟，那帮人太狂了！”

大东走进宿舍时，廖胖儿正在吃泡面。

廖胖儿甚至都没问因为什么事儿，穿上衣服跟着大东就出了门。

加上廖胖儿，大东拢共带了五个人，对面大概有十来个。

大东左右手各拿一块半拉砖头，扔出去一块后发现形势不好，掉头玩命跑。

廖胖儿身子沉，落在最后。前面的大东跑了一会儿，突然发现自己手里还攥着半拉砖头，就头也不回地往身后一撇。

廖胖儿边跑边回头，哪曾想前面突然飞来半拉砖头，正砸在脸上，当时就跑不动了，身后的人追上来围住廖胖儿一通儿暴捶。

等大东发现廖胖儿不在身后又找回来时，廖胖儿正衣衫不整地坐在路边捯气儿。

“妈的你是卧底吗？”

廖胖儿没好气地看了大东一眼。

廖胖儿不再跟大东一起混，毕业后到一家公司当了推销员，因为抹不开面子业绩一直垫底，一年后辞职，在家附近开了个小馆子。

廖胖儿老爹是大酒店的厨师长，廖胖儿从小就跟他学了一手好厨艺，小馆子开起来之后生意一直很红火。

第二年，廖胖儿结婚了，媳妇儿是他高中暗恋的姑娘。

年至而立，廖胖儿更胖了，络腮胡子也跟胸毛会了师。他的餐馆变成了两层的独楼，还请了个很有名的大厨回来。廖胖儿自己不再亲自烧菜，弄了串菩提子见天儿盘着四处溜达，偶尔来店里瞧上一眼。半年后，大厨卷了店里的钱跑路，还捎带手顺走了廖胖儿的媳妇儿。

廖胖儿找复员回来的小伟喝了顿大酒，蒙头睡了一天一夜，然后把餐馆盘了出去，自己重新开了个小馆子，亲自掌勺。

这晚，最后一桌客人埋单的时候已经后半夜了，廖胖儿把伙计撵回家，自己收拾桌子。

廖胖儿把两根筷子拿在手里，不自觉地开始敲打桌上那些盘碗。

“哟，哥们儿，可以啊，以前打过架子鼓吧？”

一个客人从卫生间出来，听见廖胖儿这套鼓点儿后忍不住上前搭讪。

廖胖儿把筷子扔进收餐具的塑料槽子里，笑着摇了摇头。

“我们乐队正好差个打鼓的，要不要来试试？”

廖胖儿停下了动作，转头看着那个人。

在那人身后，隐约站着十六岁的自己，抱着个空空的咖啡罐子陶醉地敲着。

29

养虾

大老刘是我爸单位的一个汽车修理工，跟我们家住在同一条街上。

这人身子瘦长，得有一米八往上，背微驼，刀条儿脸上布满与年龄极不相符的褶子，话不多，见谁都乐，天生一副热心肠，谁家有事儿但凡让他瞧见，准得过去搭把手儿，在单位和街坊里都是好人缘儿。因为他个儿高又显老，大家都管他叫大老刘。

大老刘胆儿小，怕疼，性子上也就缺了一些男人该有的杀伐决断，但正因为这样，他干活儿特别仔细，经他手修过的车开好久都没毛病，也算单位一宝。

有年夏天，单位里几个临时工用千斤顶支起一辆大解放修理，刚支好呢，发现到了饭点儿，闹哄哄的就去吃饭了。大老刘路过看见这干了一半的活儿，心里就不得劲儿，拿了工具就蹲那儿开整。那几个临时工都是二把刀的手，千斤顶支得不牢靠，大老刘听到动静不对赶紧往外钻，但还是没来得及，让歪过来的大解放压断了大腿。

大老刘媳妇儿没工作，家里不宽裕，他怕花钱，不让工友送他去大医院，随便在街边找了个接骨所对付上去之后就回家躺着了。

过了几天，大老刘发现大腿是弯的，而且轻微活动的时候还是很疼。工友们来看，都说这是没接好，得去正规医院重新接。

大老刘一听重新接吓得脸儿上的褶子都平了，死活也不肯去医院。工友本想强行给他架到医院去，可大老刘抱住床头栏杆不撒手，你总不能光带条腿去吧？

第二天，我爸想了一辙，他先跟医院的大夫把大老刘的情况说了，然后去大老刘家告诉他，现在医院有别的办法纠正这个接坏了的大腿啦，不用重新整，上点儿药再做一阵子矫正练习就没事儿了，不疼。

我爸这人平时不爱开玩笑，说话也从来丁是丁卯是卯，在单位里是个靠谱儿的存在，大老刘信了，跟着我爸去了医院。

到了医院，大夫让大老刘先走两步。

“大夫我这儿疼着呢。”大老刘动都不想动。

“嗯，我知道，但是你不走两步，我不知道现在你这腿到什么程度了啊，我没法儿治呀。”

我爸也在一边儿附和：“没事儿，你就慢慢走两步给大夫看看。”

大夫扶着大老刘来到医院大厅，一扬手，示意大老刘往前走。

大老刘松开大夫的手，战战兢兢一瘸一拐地往前挪动。

“大夫，你看我这步子，最多就能迈这么大了，再大就疼了。”

“嗯，你能说出来具体疼痛点在哪儿吗？”

“具体啊，我看看……”

大老刘开始用心地一步一步感受着。

大夫在后面看他注意力全集中在腿上了，自己几步助跑从斜后方一脚踹在大老刘骨折的位置，那腿咔嚓一声就又断了。

大夫一脸轻松地看了看捏着大腿根儿躺地上嗷嗷嚎的大老刘，把手一挥：“抬进来吧。”

大老刘的腿是治好了，但他有一个多月没理我爸。

上世纪八十年代中期，我们那儿掀起一股养虾热，沿海的浅滩都被分割成一个个方形的虾圈，好多人纷纷辞掉工作跑去养虾。

大老刘本来没心思参与这事儿，他喜欢安稳，每天按部就班地干活儿，月底领工资，他觉得挺好。

但他媳妇儿觉得不好。

大老刘的媳妇儿是个嫌贫爱富的女人，据说当年跟大老刘相亲的时候，见他骑了辆加了马达的电动自行车，觉得这人以后应该是个赚大钱的料。谁知结婚小十年，周围邻居好多都买了摩托车，只有大老刘还骑着那辆电动自行车，而且经常出故障只能自个儿蹬。

其实这女人倒是有点儿姿色，要是撇开大老刘另找的话，没准儿还真能找个有钱的主儿，可是那会儿人们对离婚这事儿看得还挺严重，她即便动过这心思，也碍于各方面的原因无法付诸行动，就只能在大老刘身上使劲儿。

大老刘一直特疼媳妇儿，觉得这么好看的女人嫁给了自己是上辈子修来的福分，对她一直是言听计从。

大老刘被媳妇儿的枕边风儿吹了一个来月，怒气槽儿终于满了。

听到大老刘提出停薪留职的时候，单位里所有人都蒙了。有明眼人当时就说，这肯定是他媳妇儿的主意，大老刘自个儿根本就动不了这心思。

甭管是谁的主意吧，大老刘是真的开始筹钱准备承包虾圈了。

他也没别的门路，筹钱的办法就是跟亲戚朋友和工友们借，且利息是银行的好几倍，很多人贪图那点儿利息，就把钱借给了大老刘。

我爸知道大老刘早晚得借到他这儿来，就跟我妈商量这事儿。那会儿我家里还真有点儿闲钱，我爸这人平时有点儿抹不开面子，说真要是借到他这儿，他还真不好意思不借。我妈直摇头，说养虾这事儿的确赚钱，大老刘这人也的确是个靠谱儿的好人，那为什么还是不能借呢？因为大老刘根本就不是干这个的料。

“两件好事儿凑到一起不一定就是一件大好事儿。”我妈说。

第二天，大老刘果然拎着个人造革的黑皮包来到我爸办公室，跟他借钱。

我爸不会撒谎，支支吾吾地乱找借口，大老刘也就明白了。

“行吧老李，知道你家媳妇儿管账，不借就不借吧，也不差你那一份儿，走了哈，等哥们儿发财了回来请你喝酒！”

大老刘说着走出办公室，留下我爸面红耳赤地坐在那儿。

两个月后，大老刘骑着他那辆电动自行车回单位看工友，跟投了资的那几位报喜，说一个月前下的苗，长势看好。

“怎么样老李？没借钱给我后悔不？”大老刘瞅着我爸乐，甭管之前多腼腆拘谨的人，一开始做生意就渐渐放得开了。

我爸没说话，递给大老刘一根烟，大老刘看了一眼那烟，没接，自己掏出一包中华来，抽出一根递给我爸。

“抽我的，老李！回头赚了钱我送你一条！”

我爸笑着接过烟：“行，我记住了。”

那年夏天特别热，热得柏油路都被轧出了车辙。

有天我放学回来，见到厨房里放着满满一大盆一寸出头儿的海虾。我问我妈为啥买这么多小虾，我妈说这是帮我老刘叔的忙。

原来，就在那天下午，大老刘养的虾浮头了。

大概中午十二点钟的时候，巡塘的大老刘发现虾圈边上有很多小杂鱼出现而且行动迟缓，便觉得有些不对劲儿，蹲下来伸手试了一下水温，几乎有些烫手。大老刘心里一紧，知道坏了。这虾比鱼金贵，鱼塘哪怕已经看到大批的鱼浮头，只要及时把氧打下去基本就能救回来。虾不行，从发现浮头前兆到虾大批死亡只需要不到一小时的时间。

当时刚退潮，没法儿换水。大老刘召集几个伙计兵分两路，一拨人去启动增氧机，另一拨人跟着大老刘向每个虾圈里撒增氧的药物。

大老刘正疯了一样往虾圈里撒增氧药呢，几个去开增氧机的伙计跑回来说电压不足，根本带不起来增氧机。

起先，这整片海滩上所有的虾圈都是一姓王的承包的，后来大老刘软磨硬泡加走后门儿的，负责人就跟姓王的商量了一下，让出十来个圈子给大老刘玩儿。

当时大老刘身边有个明白人，他告诉大老刘这十来个圈子基本都在一个小海湾子里，涨潮退潮时虾圈里的水都不太动弹，基本换不来多少新水。而且交通十分不便，得穿过姓王那人所有的虾圈才能到大老刘这儿。再说一旦虾要浮头，所有虾圈都得开增氧机，那电线是从外面扯进来的，到他这儿很有可能电压就不足了。

那人跟大老刘建议今年就算了，来年早点儿去看虾圈，挑几个位置好的包下来也不迟。

大老刘是个听人劝的主儿，但他媳妇儿不是。大老刘把来年再整的想法儿一说，他媳妇儿就炸了毛儿。

“风险？干啥没风险啊？怕风险啥事儿都不用干了！跟家躺着没风险！”

大老刘看着摔盘子打碗儿的媳妇儿，没说话，第二天就去把那十几个虾圈给承包了。之前劝他那人问大老刘怎么又改主意了，大老刘一笑，说去年整整一夏天都风风凉凉的，今年估计也错不了，没事儿。

那人再没说话，转身走了。

结果还真让那人说中了，大老刘跑去找那个姓王的，让他关掉几台增氧机让他先用会儿电。姓王的一听当时就急了，凭什么啊？我的虾就不是钱吗？压根儿就不理大老刘这根须子。大老刘又不敢跟人家动粗的，只得跑回来继续撒增氧药，撒着撒着，就能看见浅水处水底有死虾了。

姓王的因为虾圈平时总能换进来新水以及提前开动了增氧机，几乎没啥大损失。大老刘这边儿因为虾圈里本来就是死水，又开不了增氧机，十几个虾圈基本上死了一通透。

大老刘坐在虾圈边儿上号啕大哭，比腿被大夫踹断时哭得还惨。哭够了，大老刘找了个有电话的地儿打电话给单位，让大家来虾圈这儿捞虾回家吃，不要钱。

“刘哥，咱们赶紧把虾捞出来挑大的拿到市场上卖吧，还能少损失点儿。”一个伙计说。

大老刘摇摇头：“算啦，单位工友挺多，让大伙儿拿回家吃吧。”

“那，刘哥，我们几个的工资……”

“照给。”

傍晚，工友们赶到虾圈开始捞虾的时候，先死的那一批虾已经有臭味儿了。

大老刘没回单位上班，回到家就病倒了。

工友们来看他，只字不提还钱的事儿。

一个月后，大老刘重新出现在单位，干活儿还是那么一丝不苟。他跟那些借给他钱的工友们说，钱他一定还，但是需要点儿时间。说这话的时候，大老刘已经把烟酒都戒了。

一晃儿就是年底，家家准备过年，手头儿就都开始紧了。几个工友沉不住气，找大老刘聊还钱的事儿，大老刘一开始还求大家再宽限些日子，后来看大家实在不买账，捂着脸蹲在墙根儿下呜呜地哭起来。

那天晚上大老刘在单位加班，很晚才回家。一进门媳妇儿就扑上来哭，说傍晚那会儿一个工友过来，把电视搬走了。

儿子也抱着大老刘的腿，哭喊着说“爸爸我要看电视”。

第二天一大清早，大老刘偷偷地溜进我爸办公室，从怀里摸出一条用报纸包着的中华放到我爸办公桌上。

“干什么你这是？快拿走！”我爸不要。

“李哥，来年我就发财了，你先提前抽着。”

我爸坚持不要，大老刘急了，带着哭腔儿朝我爸喊：“李哥！昨儿小姜去我家把电视搬走了！我儿子抱着我大腿哭！我不就赔了点儿钱嘛！你能不能尊重我一下？啊？！你们能不能尊重尊重我？！”

我爸一听这事儿，也急了，让大老刘跟办公室等着，他去找小姜。

等我爸扯着小姜的衣领子把他拽到办公室时，大老刘人已经不见了。

单位里哪儿都找不到大老刘，我爸就跑去问门口传达室的大爷，大爷说他看见大老刘骑车出去了。

“今晚你把电视给大老刘送回去听见没？！王八蛋，你干的什么缺德事儿！”我爸指着小姜鼻子骂。

下班后，我爸跟小姜去他家拿了电视，一起给送回大老刘家。大老刘的媳妇儿来开门时脸上的眼泪还没干，我爸和小姜进了门才看见大老刘家里还坐着俩来要钱的工友，我爸没好气地瞪了那俩人一眼。

“大老刘呢？”我爸问。

“嗯？没在单位加班吗？”

“他一早上就从单位走了啊，没回来吗？”

“没有啊。”

我爸和几个工友骑着自行车在外面找了大半夜也没找到大老刘。

转过天儿有俩警察来到我爸单位，拿着几张照片给工人们看，问他们认不认识这人。

那是几张尸体的照片，照片上是头破血流的大老刘。

原来那天大老刘离开单位后就去了铁道边儿，据附近的居民说，这人在那儿坐了一天没动地儿，傍晚的时候他骑上电动自行车撞向了一辆飞驰而来的火车。

30

宿敌

曲连胜上小学三年级时，他爸从外面捡回一条小黄狗，取名大黄。

曲连胜生来矮小瘦弱，上学时总被欺负，他爸没工夫总替他出头儿，就给他找了个师傅学散打，一年不到，就只有曲连胜欺负别人的份儿了。

大概是运动的缘故，曲连胜高中毕业时身高已经突破一米八五，体重直逼二百斤，没有赘肉。曲连胜爸妈发质都不太好，稀疏枯黄，到了曲连胜这茬儿，头发倒是挺密，但颜色更黄了。人们不知什么时候开始管曲连胜叫大黄，而原来的大黄狗则成了二黄。

改革开放第二年，大黄二十四岁，二黄已经老得开始掉牙了。大黄开始厌倦于在校办工厂里盯着流水线生产各种用来出口的万圣节头饰和面具，离开了这个收入稳定但毫无前途的地方，推着辆破永久揣上自己这两年攒的一点儿钱打算到农村收点儿农产品到城里来卖。

大黄找到一个养猪大户，让他把下一批猪皮给他。对方说下一批猪皮已经订了出去，自己订金都收了，大黄一咬牙，提出马上付给对方全款并且多加一成的钱。养猪那人也没啥诚信，当即就收钱签条儿，说等下一批猪皮一剥下来就开车给他送过去。

回到城里，大黄请皮革加工厂的采购员喝酒，让人家以后跟他这儿进猪皮。采购员跟大黄说了挺多难处，大黄也给他出了不少主意，最后那人苦笑着叹了口气，跟他干了一杯。

“大黄，我不用你给我出主意，只要你回扣到位，这些问题我自个儿就能解决。”

采购员放下杯子，朝大黄捻了捻手指。

采购员这话让大黄很不愉悦，心说我都请你喝酒了，你怎么还好意思跟我提回扣呢？难道这酒不能当回扣吗？

大黄这样想着“哼”了一声，给自己倒了杯酒，看都没看采购员，皱着眉头一口干了。

采购员知道对面这位黄毛大汉是啥脾气，笑了笑，起身告辞。

本来大黄没做成生意就一肚子火，采购员临走那一笑让这股火找到了出口。大黄站起来几步绕开桌子撵了上去，一脚踹在采购员后腰上。采购员毫无防备，直接飞出小包间扑倒了一个正上菜的小服务员，一整份地三鲜全倒在他后背上。

大黄这一脚踹坏了采购员的腰椎，去过医院后，采购员就以起不来床为由不再上班，隔三岔五地让媳妇儿去找大黄要钱。

打伤采购员这事儿一出，没人再敢跟大黄谈生意，大黄跑了小半拉月也没给自己那些猪皮找到下家。到了日子，养猪那位开着拖拉机拉着一挂斗儿猪皮循着大黄给他的地址找来了，问大黄往哪个厂子送。大黄说你先等我半天，蹬着车子就走了。养猪那位一直等到日偏西也没见大黄回来，心说反正我钱都收了，跟这儿耗个什么劲儿，直接把一挂斗儿猪皮卸在当街，走了。

大黄垂头丧气地回来时，他爸跟二黄正站在家门口望着小山一样的猪皮发呆。

大黄正不知道怎么跟父亲说这事儿呢，身后有人喊他，回身一看，是那采购员他媳妇儿。

“俺家男人起不来床，班也上不了，活儿也干不成，俺们家都连吃好几天稀饭了，你给想想办法嘛。”

采购员的胖媳妇儿门牙上还粘了块韭菜叶子。

大黄想了想，又骑上自行车，直奔采购员家。

那胖女人不知道大黄干吗去，在后面追着喊了几声，觉得门牙不对劲儿，拿舌头舔下来伸手捻出一看，“操！”胖女人骂了一句，把韭菜叶儿放嘴里嚼了两下吃掉了。

采购员开门后看见是大黄，想飞身回去卧床已经来不及，只好硬着头皮把大黄让进来。

大黄把采购员家里的暖壶、水壶、茶壶挨个儿拎了一下，最后拿起茶壶对着壶嘴儿灌了一大口。

“哪天的茶？”

“前天的。”

“操，”大黄找了把椅子坐下，“猪皮到了，卸在我家门口儿。”

采购员“嗯”了一声，扶着腰慢慢地在另外一把椅子上坐下。

“你要多少回扣？”

采购员一愣，重新打量了一下大黄。

“算啦，你也给我不少钱了。我明儿就让厂里派车去拉，价儿还按咱们之前谈的来。”

“谢谢哈。”

大黄站起来拍了一下采购员的肩膀就往外走，正赶上采购员他媳妇儿回来。

“嫂子，你牙上有个韭菜叶儿。”

“吃了已经！”

大黄点上蚊香，听着他爸的收音机，在猪皮山旁边儿坐了一宿。

第二天上午，采购员亲自开着小货车过来，拉走了猪皮。

就这样，大黄开始了倒腾猪皮的营生。偶尔看到干净的猪皮，大黄就拿回家让母亲熬个猪皮冻。一年后，大黄已经有了一笔很可观的存款，他家也成了本市胶原蛋白第一户。

告别猪皮冻后，大黄买了一辆小客车并且承包了一条从本市到附近三个城市的线路。大黄不会开车，雇了一个司机。

首次出车，司机直到天黑都没回来。

大黄骑着自行车沿着行车路线找，最后在路边看见自己那辆崭新的小客车被砸得不成样子停在那里，司机不知去向。

大黄跟路人打听着附近的医院，在病房里找到了浑身裹着纱布的司机。司机说开到半路被几个人拦住，要过路费，他说我们这刚开张，还没钱呢，结果就被从车里拽出来一顿打。

大黄让司机好好养伤，自己去住院部交了押金。

司机伤好后，大黄跟着他一起出车。在老地方又被人拦住，司机告诉大黄上次就是这帮人。大黄点点头，拉开车门下了车。

那几个人还没等说出要钱的话，大黄的拳头已经到了。

虽然事后大黄也缝了好几针，可他当天就出院了，那几位最严重的在医院躺了一个多月。

从此大黄的车子再也没人敢拦，本市几个跑长途的小老板也跑来投靠大黄，每月给他点儿钱，让大黄罩着自己。

大黄二十七岁时，二黄死了。

这时的大黄已经是本市的长途客车大亨，所有大小客车都归他管，谁想做这个生意都得经过他的抽成，不然别做。

这年秋天，一辆外地牌照的小客车出现在长途车站，跟大黄的那些车停在一起揽客。大黄的手下上车找车主收钱，被车上一人连抽好几个耳光踹下车。等大黄闻讯赶到时，那辆车已经凑齐了客人开走了。

第二天一大早，大黄一个人来到长途车站，找了个早点摊子要了几根油条一碗豆浆，边吃边瞅着车站。

大黄把最后一根儿油条泡进豆浆的时候，那辆外地牌照的小客车出现了。

付了账，大黄溜达着走向那辆小客车。

“到盘锦吗，师傅？”

大黄扶着车门一脚踩在台阶上问。

“到。”

说话的是个开车的小伙子，个儿不高但是一身肌肉。小伙子坐在方向盘后面边回答边转过头看了一眼，看到大黄那一头枯黄的头发时，愣住了。

“昨儿有人跟你提过我吧？”

大黄面无表情地看着小伙子。

“啊，是啊，你是大黄吧？”

“是……”

大黄“我”字还没出口，那人左手已经从座位下面摸出一把扳手交到右手上，然后顺势探着身子一抡，正好扫在大黄额头上，大黄觉得一阵眩晕，随后胸口又挨了一脚，抓着车门的手一松，仰倒在地。

那小伙子也没客气，跟着跳下车，拿扳手把大黄结结实实敲了一顿。

大黄睁开眼，发现自己躺在医院里，身边儿是几个平时最贴身儿的伙计。

“黄哥，我知道那人是哪儿的，等你伤好了咱们找他去！”

大黄摸摸脑袋上的纱布，咧了咧嘴。

“现在就去。”

大黄说着翻身下床，带着几个人开车直奔那小客车的牌照所在地。

一帮人直到晚上才打听到那人的消息：这小子是外地的，单身，租了一间小屋子住。特独，跟哪儿都单干，之前在别的地儿就是不肯交钱跟人闹起来才跑到这边的，打了大黄之后他也没拉客，开车回来把东西一收拾就走了，谁也不知道他跑哪儿去了。

大黄他们又借着出车的机会在附近几个市找了找，都没有那小客车和那小子的动静，时间一长，也就拉倒了。

大黄三十一岁时，终于有个看他不害怕的姑娘愿意嫁给他，定了婚期之后，大黄请了自己的一帮兄弟喝酒。

“黄哥，我知道那小子在哪儿了。”

酒桌上，当年在大黄之前挨打那小子说。

“哪个小子？”

“就打你的那个啊，你才让几个人打过啊，这就忘了。”

“哦哦哦，”大黄摸着脑袋笑了笑，被扳手砸过的那块地方直到现在下雨阴天的时候还总疼。

“怎么着黄哥，结婚前咱们把这事儿办了吧？”

其他几个人也跟着附和，说把这仇报了，出了这口恶气好结婚。

大黄看了看这些人，想了一会儿。

“好。”

当年打大黄那位跑了之后就把车子卖了，跑到一个小城市开了家小馆子，一年后娶了个媳妇儿。

大黄带着几个兄弟走进他的小馆子时，他儿子刚满月没两天。

一个年轻的小媳妇儿抱着个小孩儿在店里算账，看到大黄一行人有些不知所措，朝后厨喊了一声。

当年那小伙子从后厨一挑帘子钻了出来，看见大黄站在店里顿时一愣，转身又走进厨房，再出来时，身子背后的手里就多了把剔骨尖刀，站在那儿看着大黄，眼睛里有愤怒、恐惧，还有哀求。

大黄看看小伙子，又看看他媳妇儿怀里的孩子。

“妈的开馆子也不说喊我一声！我还得从别人那儿知道这事儿。”

大黄说着让他那几个兄弟都坐下。

“哥们儿，啥拿手的尽管上，我们尝尝你的手艺！”

小伙子好一会儿才回过神儿来。

“好嘞，媳妇儿，给大哥拿瓶儿好酒！”

临走时，大黄多掏了一千块钱的饭钱，说是给孩子的红包儿。

“黄哥，这事儿就这么拉倒了啊？太窝囊了也。”走出小馆子，那个挨过小伙子打的人说。

大黄没说话，回身踢了他一脚然后继续走路，走了几步突然“扑哧”一声笑了。

彩蛋：

如果这时候那小伙子从小馆子里追出来，朝大黄百转千回地喊一声“哥”，这故事就更完美了。

可惜生活不仅不完美，往往一点儿都不美。

那天大黄正要说话，之前挨过小伙子揍的那位抄起凳子先动了手，小伙子一猫腰躲开抡过来的椅子，连人带刀扑进大黄怀里。

众人把小伙子从大黄身上拽下来时，他胸口已经被扎了好几个窟窿，血汩汩地往外淌。大黄嘴唇动了动，什么也没说出来，死了。

小伙子被警察带走，转过年开春毙了。

31

黑白

白兆臣刚出生那会儿就特黑，以至于接生的大夫都觉得他妈生错了孩子。他爸趴在育儿室的玻璃窗上一下子就找到他了，就像在一堆馒头里找个丹泽尔・华盛顿那么容易。

为这事儿他爸还跟他妈闹过，说哪有两口子都挺白，生个孩子黑成这样的。白兆臣他妈毕竟有文化，跟他爸从染色体唠起，洋洋洒洒讲了大半天，并举例说白猫和白猫照样可以生出黑猫。他爸当时表示信服，背地里还是带着白兆臣去做了亲子鉴定，确定是自己的骨肉才罢休。

白兆臣的学习成绩一直不好，他给出的解释是同学们总是嘲笑他黑，并且，由于他的姓，使得他在班上更容易因为肤色而被嘲笑。

高中毕业后，他跑去给做零活儿的大伯打下手，大冬天的推着一车蜂窝煤到小区门口叫卖。大家见他黝黑结实，莫名的就觉得他的蜂窝煤货真价实地道无比，谁路过都乐意买上几块带回家，似乎烧起来真的比其他人卖的要旺很多。

“你们自家产的啊这蜂窝煤？”

“那可不，我一块块踩出来的。”白兆臣说着还吸溜了一下鼻子，紧接着把气从嘴里呵出来，装模作样地暖着根本就没冻着的双手，一副受了多大苦的样子。

“啊，那什么，你原先就这么黑吗？”

“怎么可能！我原先可白了，就像蔡国庆那么白，就是干这个把自己造得黢黑，现在都洗不出来了！”

白兆臣边说边翻着白眼儿，眼白把脸衬得更黑了。

一年后，他在这片小区出了名，人称“白蜂窝”，整个小区甭管男女老少，买蜂窝煤只认他这一份儿。

又过了一年，白兆臣的大伯攒足了本钱，去南方做大买卖去了，临走给他留了些钱。白兆臣拿着钱弄了个牛奶的代理，另找了个别的小区在门口推销起牛奶来。

“订奶吗？厂家直销白玉牛奶，健康滋补美白养颜！”

傍晚，天色渐渐放黑，白兆臣站在牛奶的广告牌旁边，每当有人经过就吆喝一声。

“哎，你看这人真黑！”

“妈呀那是个人啊？！我还以为谁拿绳儿在那挂了副假牙呢！”

一对小两口嬉笑着走过去。

白兆臣朝他们的背影啐了一口，把广告牌挪到光线好一点的地方。

一大姐从他面前走过又回来：“白玉牛奶，没听说过啊。哪儿产的啊？”

“本地奶牛科学喂养，运输方便绝对新鲜！”

白兆臣尽量笑不露齿。

“本地的啊？我没听说咱们这儿有奶牛啊。”

“姐，人家建养牛场也不非得过来跟你先打个招呼是吧？就这条路，”白兆臣说着伸手一指，“这条路一直走，第三个路口往北走到头有个大农场，农场后面就是。”

大姐点点头，似乎听明白了：“你们这奶好吗？”

“好！可好了！特别有营养，还能美白！我天天都喝，你看我这体格子，是不是特棒？！”

白兆臣说着哐哐捶了两下自己胸脯，一脸十分扛揍的表情。

大姐撇着嘴看了看白兆臣的脸：“不对啊，不是说美白吗？那你这天天喝怎么还这么黑？”

白兆臣苦笑。

“姐，你是不是觉得我现在挺黑的？”

大姐点头。

白兆臣开始掏口袋，“我给你看看我喝这个白玉牛奶之前什么样儿你就知道了。”

他说着掏出一张A4纸展开，上面印着威尔·史密斯大学时的照片。

“看见没姐？去年我还这么黑，短短一年时间我就从热巧克力变成巧克力奶了，你就说这进步大不大？！这牛奶好不好？！”

大姐先是一愣，接着笑得上气不接下气。

“你这明明就是威尔·史密斯啊！你当我不认识啊？太逗了！你们骗人能不能下点儿功夫啊，哈哈哈！”

大姐狂笑着走远，留下白兆臣垂头丧气地站在原地，手里捏着一张微笑着的威尔·史密斯。

晚上，白兆臣坐在床上，看着面前厂家给的一头黑白花奶牛的大海报发了会儿呆，接着拿起一只黑色记号笔在奶牛白色的地方写了个“操你妈”并大笑不止，笑了一会儿觉得不妥，又把那三个字儿涂掉了，涂着涂着索性把牛身上所有的白色块儿都涂上了。

几天后，白兆臣又来到这个小区门口，把一幅画着黑色奶牛的海报挂出来之后他清了清嗓子，举起了手里的扩音喇叭。

“哎黑牛牛奶享誉全球了啊！奶牛越黑牛奶越白了啊！经美国科学家研究，营养成分是普通黑白花奶牛的三点五倍，吸收率高出十七个百分点！今天就订黑牛奶，科技把你来关爱！美容保健莫迟疑，整个小区你最白！”

人们呼啦一下围上来，凑近了仔细研究海报上那头大黑牛。

“真有黑奶牛吗？”

白兆臣一脸的毋庸置疑，“那当然啦，黑牛没有奶，怎么养小黑牛？你们看过斗牛没有？西班牙的，没亲眼看过也在电视上见过吧？那里面的牛是不是好多都是黑牛？！我们的黑牛就是从西班牙进口的，那体格别提多棒了，国内农场里那些病快快的黑白花奶牛根本就没法儿比！”

头一天那大姐挤进来：“哎，你不就是之前推销那个白玉牛奶的黑小子吗？还拿个威尔·史密斯的照片糊弄我，怎么没几宿工夫不但你没白，连牛都黑了啊？”

白兆臣有些脸红，但肉眼完全看不出来。

“对，姐，那天我是骗了你，我根本就没喝过白玉牛奶，还硬骗你说能美白。为什么呢？因为白玉牛奶根本就不美白！喝了也白喝！但我新代理的这款黑牛牛奶就完全不一样！它是真营养真美白！强身健体能补钙！但我不能喝，因为我这张包公脸就是我们乌云牌黑牛奶的活招牌！美白一旦成功，我的商业价值就没了！”

众人笑，有人凑近海报仔细看了看。

“你这奶牛是后来涂黑的啊。”

白兆臣一愣，马上又举起扩音喇叭。

“没错儿！就是后来涂黑的！这里面有个时差问题朋友们，前面我已经说了，我们的黑奶牛都是从西班牙进口的，那么在第一批奶牛到国内之前呢，我们就已经在做前期的宣传和推广了，海报也是那个时候下的印厂。现在我们的新版海报虽然还没印出来，但是大家如果有兴趣的话，明天可以亲自到我们的奶牛场参观，亲眼看一看那些黑色的奶牛，好不好？！”

奶牛场里，无数头黑白花的奶牛在走来走去。

白兆臣和另外一个人正手忙脚乱地给几头奶牛刷上黑色。

“都刷得刷到啥时候啊，白总？”

白兆臣从奶牛肚子底下伸出脑袋来："谁告诉要都刷了？就刷我牵出来的这几头，刷完了牵到农场入口圈起来弄个参观区，再往深了就说身上有菌不让进！"

参观黑奶牛的活动是成功的，乌云牛奶很快声名鹊起，一时间卖得街知巷闻，至于是不是像白兆臣说的那样健康又美白，根本没人在乎。

大家突然就接受并习惯了每天喝几盒乌云牛奶，也喜欢在走亲访友的时候拎上两箱乌云牛奶送人，在各种综艺节目热播剧前看到乌云乳制品的赞助字样才算得到质量保证，否则这些节目他们是不会看的。

白兆臣赚得盆盈钵满，经营范围也在不断扩大，甚至大伯也被他请回来帮忙。在他满三十岁的时候，他突然提出离开，把乌云乳制品的所有生意交给大伯，自己带了一部分资金去了外省。

一年后，大伯来看白兆臣，进了农场，满眼的黑白花奶牛。

"还做牛奶生意啊？"大伯问。

白兆臣笑："我长得这么黑，又偏偏姓白，黑白花的奶牛最适合我啊，我找人算过了，我跟奶牛互相旺。"

"乌云那牌子你不做了？"

白兆臣摇头："不做了，不想编瞎话。"

"那你之前编那一整套东西，又是西班牙又是黑奶牛的……"

"那会儿白手起家，可不得胡说八道嘛，现在有钱了，有了钱，说什么都有人信，不用再撒谎了。"

白兆臣拍拍身边的一头奶牛，后者喷了下响鼻溜溜达达地走开了。

"对我来说，黑就是黑白就是白才是最好的日子。"

32

伴郎

一只人字拖从门缝儿里飞出来打在王耀辉的脑袋上，正在发微信的他如梦方醒匆忙揣好手机，一边喊着“开门！开门”，一边挤进围在门口的那群男宾堆里，试图冲开挂着防盗链的房门。

“我媳妇儿家特爱贪小便宜，这堆红包肯定不够她们要的，到时候你慢点儿给，掌握下节奏，差不多了就直接冲，门坏了我找人修！”

上楼前，新郎在楼下跟王耀辉这么交代。

此刻他在门外想起这段话，掏出最后几个红包捏在手里，在门缝前来回晃：“来来来！大红包在这儿呢！越往后越大啊！开门！开门就给！人人都有份儿！”

一张挤得有些变形的脸出现在门缝里：“王耀辉？！”

听见有人叫出他大号，王耀辉停下了让所有人都眼花的挥动：“刘玥？！”

王耀辉被男宾们从门缝前挤走，他攥紧红包，奋力地挤回来。

“刚才你在微信里不是说在当伴娘吗？”

“对呀！对呀！”

“哦，对，这就是婚礼，我都挤蒙了。”王耀辉说着双肩使劲儿一抖，把身边俩男宾顶走，“别挤啦！文明接亲！”

王耀辉把脸凑近门缝儿，努力让门里的刘玥能看到他的整个微笑：“玥儿，玥儿！都是自己人，开门吧，这都快半个钟头了。”

“哎呀，这我说了可不算，那得新娘子点头才行呀，再说这么轻易就把人给你们，回头新郎官儿也不知道珍惜啊，对不对？”

屋里一帮女的跟着刘玥一起大喊“对”，门外的男宾们顿时更来劲儿，一起用力，防盗链被扯得咔咔直响，王耀辉也又一次被挤走。

王耀辉站在圈外把气喘匀，新郎捧着束花走过来。

“这怎么还没完了呢？！跟她们说闹闹得了，再不走原定的婚宴时间就得推迟了。”

新郎往腋下一夹，腾出手来拿食指不停点着腕子上的手表。

看了眼表盘上的分针，王耀辉脸色也有点儿严峻，他整了整被挤歪的领子，一咬牙再次挤进人群。

“玥儿！玥儿！那什么，差不多得了，婚宴时间眼瞅着就到了啊！”他说着把两个红包儿顺着门缝儿甩进去。

门里传来女人们哄抢红包的声音。

“太少了啊！”

“哎哟，今天都这么抠，以后娶过门了还能好？！那谁啊，这种男的不能嫁，听见没！”

门外的新郎听见这句，眉毛就立了起来。

“谁他妈嘴那么贱？！我俩结婚关你屁事儿啊，你跟这儿胡说八道？！不用看就知道是个一辈子嫁不出去的货！”

新郎说着就要把手里的花束往门上抽，王耀辉见状赶紧拦住：“哥，哥！别冲动别冲动。”

“冲动？！我他妈答应娶她才是冲动！”

他连推带拽地把新郎弄到一边儿，后者涨红了脸，胸脯儿还在不停地起伏。

“谁啊？谁骂人呢刚才？”刘玥在扒着门缝儿问。

王耀辉赶紧跑回去撒谎：“没有没有，说摄像呢。”

身后的摄像大哥可就不乐意了：“哎哎，说谁呢？”

王耀辉回身把一个红包塞进他胸前的口袋，摄像大哥马上安静地继续拍摄了。

“玥儿，跟姑娘们商量商量，给个面子，开门吧，想要啥办完事儿尽管提，我哥们儿是个疼媳妇儿的人，肯定亏待不了她，何必在这儿抠这几个红包儿呢，你说对不对？”

还没等刘玥吱声儿，她身后一女的又喊起来：“一屋不扫何以扫天下？今儿不给以后更没准儿！姐妹们别听他们花言巧语，男人没一个好东西！”

王耀辉听出这动静儿就是先前说新郎抠门儿那个，也急了眼：“不是，你他妈谁啊？！男人到底怎么着你了你在这儿没完没了的？！是你结婚吗你就在这儿捣乱啊？！”

伴着声轻呼，刘玥的脸一下子消失在门缝里，取而代之的是一张铁青色的大饼脸：“怎么着？不是我结婚怎么了？也不是你结婚啊！你跟着急什么眼啊？！真是皇上不急太监急。”

王耀辉让这大饼脸吓了一跳，不由自主地往后仰了下头，正磕在身后一男宾脸上。

“行吧！看你这样估计想自己结个婚也挺困难，今儿就让你过把瘾，你说吧，怎么才开门？”

饼脸姑娘一声冷笑：“装什么傻啊？一开始不就说了嘛，九万九千九百九十九块红包，现金，少一分不开。”

王耀辉看了眼站在不远处皱着眉头抽烟的新郎，对着饼脸姑娘努力地挤出点儿笑容：“转账行吗？”

“都说了转账不行，我们不是要钱，谁差那几个钱啊，我们就是图个好彩头！”

一只手把正要说些什么的王耀辉拽走，他回头一看正是新郎。

“不结了！”新郎一脸怒容。

“不结了？！”王耀辉也蒙了。

“不是，是不跟她结了，走，找另外一个去。”

“另外一个？你还有另外一个？！”

“我初恋女友，昨晚还给我发微信说知道我要结婚了她很难受但还是祝福我，说她今生都只爱我一个人，我当初不要她找了现在这个真是瞎了眼！”

出了单元门，新郎直奔婚车。

王耀辉则往旁边走了几步掏出手机发语音微信。

“玥儿，新郎说不结了，现在准备去接初恋呢，你赶紧跟新娘说一声，趁还来得及就别闹了，踏踏实实……”

“大辉！上车！磨蹭鸡毛啊！”

听见新郎站在婚车旁喊自己，王耀辉拇指一松，没录完的语音发了出去，他顾不上重发，一溜儿小跑上了车。

婚车进了小区停好，王耀辉跟新郎分别从两边的车门下了车，他掏出手机看见有刘玥的新微信消息，忙放到耳边听。

“你那哥们儿什么人啊？我跟新娘子说了，她说不结就不结，现在正准备下楼去酒店要跟双方父母把这事儿说明白呢！”

王耀辉听完忙朝新郎跑过去，到身边才发现他正直愣愣地望着什么，顺着目光看过去，见一穿着婚纱的姑娘正被一西装革履的男子从单元门里抱着走出来。

看见新郎那表情王耀辉基本就全明白了：“你初恋？”

“嗯。”新郎点头。

那姑娘幸福地蜷缩在自己男人怀里，眼神从王耀辉身上一扫而过，毫无半点儿异样。

“你刚才说她们去酒店了？”

重新坐进婚车，新郎定了定神问王耀辉。

“嗯。”

新郎深吸一口气，伸手敲了敲司机肩膀：“师傅，麻烦去酒店。”

泪眼婆娑的新娘拿着麦克风站在酒店三层的婚宴舞台上，身边是个七层的大蛋糕。

“整个人都给了他，以后我就要伺候他，给他生孩子，生完孩子还得伺候他和孩子，这辈子我就这么一天能当个公主，身为一个公主，我跟他要个红包过分吗？！啊？你们说！”

台下没人吱声儿，每个桌上的干果和蜜饯什么的都已吃光，大家有意无意地摆弄着各式餐具。

王耀辉出现在门口，紧接着新郎怒气冲冲地走进来，原本无精打采的宾客们又都来了精神。

新郎几步上前一把抢过新娘手里的麦克风：“爸，妈，各位亲朋好友、领导和同事，在这里我十分抱歉地通知大家，本次婚礼取消！”

下面一婶子站起来：“那咱们还开饭吗？我这低血糖，坐一中午眼瞅着扛不住了啊。”

“哦，上菜吧，上菜！今天就当我请大家吃顿饭！”

新郎说完看了新娘一眼，把麦克风往放蛋糕的桌子上一扔，扬长而去。

新娘愣了几秒钟，随即蹲在地上捂着脸大哭起来。

“哎，玥儿，你说我是不是不吉利，头一回当伴郎，这婚就结成这样。”

王耀辉走到刘玥身边，跟她一起看新娘的爸妈在那儿哄闺女。

刘玥轻轻摇头："我也是第一次当伴娘，这俩人都太作了。"

"搞得我都不敢结婚了。"

"有什么好怕的啊？"刘玥把抹胸礼服往上提了提，"我倒是敢结婚，就是没人敢娶。"

王耀辉稍稍后仰仔细打量一番刘玥的腰身，又朝她胸前的深沟里望了一眼："我敢。"

刘玥猛地回头，盯着王耀辉眼都不眨："咱俩可都没喝酒，话别乱说哦！"

"没乱说，他俩的戒指还在咱们这儿呢。"王耀辉说着掏出个精致的小盒子。

刘玥见状也赶忙从手袋里掏出戒指："哎呀，你不说我都忘了，我得把戒指还给她啊！"

说话间俩人就攥着小盒子四下张望，正看见新娘哭哭啼啼地被爸妈搀扶着走出大厅，刘玥抬腿要追，却被王耀辉一把拉住，拽着来到司仪跟前。

"您好，我俩结婚，您能帮着主持一下不？"

司仪正一个人无聊地喝酒吃菜，见着王耀辉和刘玥先是一愣，随后马上反应过来："没问题！谁结不是结！"

王耀辉拉着刘玥的手跟着司仪大哥上了台，司仪在一片狼藉中找出麦克风拍了几下。

"喂喂，喂喂喂，各位来宾，大家好！今天这个婚礼出了点小状况，但看起来并没有影响大家用餐嘛！"

司仪这句俏皮话照样没能影响大家用餐，台下无一人给出反应。司仪清了下嗓子："虽然原装的那对新人不辞而别，可眼下有另一对恋人在这里需要大家做他们爱情的见证！他们就是……"

司仪把麦克风从嘴边拿开："你俩叫啥来着？"

"王耀辉。"

"刘玥。"

"他们就是王耀辉先生和刘玥小姐！"

"你们父母来了吗？"司仪拿开麦克风又问。

俩人摇头。

"戒指有吗？"

俩人把手里的小盒子出示给司仪看。

"牛×！"司仪朝他们一挑大拇指，"下面请二位新人交换戒指！"

王耀辉从刘玥拿着的盒子里捏出戒指，套在无名指上嫌松，最后只好戴在她中指上。

"先凑合戴一下，回头给你买新的。"

王耀辉边说边看着刘玥，小心翼翼地把另一枚戒指戴到自己小指上。

台下，之前那个眼瞅着就要低血糖的婶子打了个长长的饱嗝儿，抬头见有对新人站在台上，下意识地鼓起掌，一时间满堂宾客仿佛苏醒过来，纷纷跟着鼓掌，大家忙不迭地咽下嘴里的菜，大声喊着"百年好合、白头偕老"。

33

全球热恋

二〇〇七年，我从多伦多搬到温哥华，安顿好之后便开始认识新朋友。

Linda姐是我在一个小型饭局上认识的，那次饭局加上姗姗来迟的她一共五人，她落座后先自罚了三杯清酒才开腔。

“抱歉，男朋友非要来不可，好容易才说通让他自己先回去。”

“那就让他也过来呗，”有人说，“人多了热闹。”

“不行，今天西雅图那边有个很重要的面试，晚上应该会打电话过来跟我说面试情况，不方便。”

“西雅图那边是什么？”我问。

Linda环顾一圈：“没人告诉他吗？”

大家摇头：“我们也刚坐下没多久，故事还没来得及展开。”

“我男朋友，另一个，”Linda给自己点了根薄荷烟，“我一共三个男朋友，北京、西雅图、温哥华。”

我一时间不知道怎么接，只是下意识地叉起一块牛排。

手机铃声从Linda的包里传出来，Linda伸手在包里找了半天，最后索性把东西都倒在桌上，从三部手机里找出那部发亮的拿起来接电话。

“喂，亲爱的，面试怎么样？……真的？太棒啦！你……你看，我就说你肯定没问题吧！……那是……嗯，吃晚饭呢……对，还是几个朋友，哦，有个新朋友，他叫……”

Linda望向我：“怎么称呼？”

“Fin。”

“Fin……我哪知道啊，”Linda又望向我，“你是做什么的？”

“厨师。”

“他是厨师……嗯，行，好啊好啊，那我等你……嗯，知道啦，拜拜！”

Linda轻出口气放下手机："穷根究底的理科男。"

我把嘴里的东西胡乱嚼嚼咽下去，满心忐忑地看着Linda。

"万一，我是说万一哈，你男朋友，西雅图那个，发现你还有别的男朋友准备报复的话，不会误伤了我吧？刚才他打听得那么详细，怪吓人的。"

Linda看了我一眼直摇头："你不是我的菜，他特了解我，一眼就能看出来。"

我点头："希望他到时候有心情好好看看。"

那晚Linda喝了好多酒，离开的时候脚步都有些踉跄。

我问朋友她是不是心情不好，朋友摇头否认，说Linda姐一直以来都是这副做派，逢酒必醉，但又醉得恰到好处，能够自己回家绝不拖累别人。

说实话，Linda不算美女，充其量也就是个相貌平平的姑娘，但强在个子高身材好，一米七出头儿的她每天都要在健身房泡上几个小时，虽然不够前凸，但练得相当后翘。

"神人啊，太神了。"

朋友在停车场抽烟，抽到一半时忽然望着天开始感慨。

"Linda吗？"

朋友点头。

"不就脚踩三只船嘛。"我有所不服。

"你以为这事儿这么简单呢？"朋友把烟头儿扔到地上碾灭，"我这才一个女朋友，每天就已经焦头烂额了。Linda三个男朋友分别在不同的国家，其中最长的处了三年，最短的也有一年多。北京那个岁数大点儿，是自己开公司的；西雅图那个是学建筑的，业余爱好是研究昆虫；

温哥华这个相对简单，是个学生，目前在UBC读研究生，除了黏人没别的爱好。Linda能记得清这三个人所有的细节，包括最近在忙什么以及上次见面或者视频打电话都聊过些什么，这么久从来没露出过马脚。”

“那是因为另外那俩都不在身边，顶多算虚拟男友。”我仍旧不服。

“虚拟？那俩可是说来就来，北京那位不差钱，哪天心血来潮订张机票就来了。西雅图就更不用说，没事儿开着车溜溜达达就能过境。你说吧，哪个虚拟？”

我挠头：“这姑娘真不怕乱子大啊。”

朋友掏出钥匙打开车锁，我俩分头钻了进去。

“一开始我们也都替她捏把汗，后来发现我们净瞎操心，人家完全游刃有余。”

我撇撇嘴没说话，心生敬意。

“当初她刚到温哥华那会儿我还打过她的主意，现在看看，那会儿得亏没成，不然就我的这点儿智商还不得让她玩儿死。”

“Fin，你在哪儿呢？！”

那天中午我正睡午觉呢，迷迷糊糊地接了个电话，电话那头儿是Linda，听起来特别着急。

“啊？在家呢，怎么了？”说完这句我马上清醒了过来，“你西雅图的男朋友杀过来了？！”

“不是，是北京那个。”

“哦……啊？他也知道我？！”

“哎呀什么啊，他下午才到，估计要在温哥华待上几天，我已经把温哥华的男朋友安排跟朋友去旅游了，西雅图那个麻烦点儿，因为他最近说要来温哥华看我，待会儿我把手机送你那儿，西雅图那边儿来电话你帮我接一下，就说是我实验室的同事！”

“同事？实验室？你干吗的啊？”

“研发化妆品的。”

“化妆品……喂？喂喂？”

我从床上爬起来，穿好衣服坐在门口等Linda。

Linda飞车而至，她一下车我的目光就被那条刻意挤出的深沟死死揪住。Linda注意到我的目光，大大方方地转了个身：“还行？”

我点头：“Super。”

“北京这位喜欢大胸，”Linda从包里掏出部手机递给我，随后又递给我一本跟《朗文字典》差不多厚的书。

“这是什么？”

“随便给你拿了本我这个专业的书，你没事儿翻翻熟悉一下，万一到时候用得上呢？从现在开始你就是我同事，这些东西你一点儿都不了解怎么行。”

我接过书随便翻开一页扫了一眼，除了“a”和“the”基本没认识的单词。再抬头，Linda已经回到车上了。

“他打电话来你就说我出去了，手机落在实验室里，别的不用管。对了，七点以后也不要接，那会儿实验室一般就没人了！”

Linda的车子消失在拐角处之后，我低头看着手里的手机发呆，仿佛拿着个什么了不起的东西。

直到Linda的北京男友回国，西雅图那边也没有电话过来，对此我竟然有些失落，觉得那几个又长又拗口的单词白背了。

那天Linda请吃饭，说是感谢我们几个帮她打掩护，结果菜还没点完，Linda就接到电话，着急忙慌地要走，我们问她出了什么事儿，她说可能是西雅图的那个男朋友出事儿了。

再见到Linda，已经是第二天，一个朋友开车过来接我，面色凝重。

“怎么了到底？”

“知道为什么四天都没人往你拿着的那部手机上打电话吗？”

“为啥？”

“因为Linda西雅图的那个男朋友，三天前就挂了。”

“什么？！”

朋友点点头：“那人是个毒贩子，出车祸死了，警察在他车里和家里都搜出了毒品。”

“Linda也是毒贩子吗？”

“Linda根本不知道这事儿，”朋友叹气，“藏得太好了，Linda这么聪明细心，那人利用她帮自己往加拿大这边运了三次毒，Linda愣是一点儿都没觉得不对劲儿。”

“Linda没事儿吧？”

“没事儿，警察调查过了，确认她不知情。”

“真悬，还好你没发现他是毒贩子，不然说不定有危险。”

“是啊，人没事儿就是万幸了！”

到了地方，大家七嘴八舌地安慰Linda。

Linda透过酒吧的窗户望着外面的街道，轻轻地摇摇头。

“我倒不介意他究竟是做什么的，警察告诉我，他一共有七个所谓的女朋友在毫不知情的情况下帮他运毒。”

“算上你七个吗？”我没忍住。

朋友在桌子下面顶了我一胳膊肘。

“是啊，加上我一共七个傻瓜。”Linda拿起酒杯做了个喝酒的动作，酒都还没碰到嘴唇就又放回去了。

“行啦，别想了，你这不还有两个嘛。”另一个朋友说。

Linda扭头看看我们几个，疲倦的脸上勉强挤出点儿笑容：“温哥华这个劈腿了。”

“啊？什么时候的事儿？！”

“得有三个月了吧至少，刚发现。”

大家一下子都不知道该说什么好，竟不约而同地拿起了杯子。

“为劈腿干杯！”Linda也举起杯子凑过来。

“也好，现在就剩北京那个了，好好处吧。”我说。

Linda用两只手搓着杯子笑：“我刚跟他提出分手。”

“为什么啊？是说他们是一批的，要同时处理吗？”

“不是啊，我就是害怕，你们看啊，这两个，一个是毒贩子，一个脚踩两只船好几个月，北京那个万一再是个有家室的怎么办？！我已经到了每年能承受的刺激极限，不能再有意外了。”

几个月后，Linda跟一个从加州过来开产品会的华裔男青年好上，很快就搬到加州去住了。起先还偶尔飞回来看看我们，奉子成婚后就渐渐地淡出了我们的圈子。

那天Linda带来的那本厚厚的书还在我的书架上搁着，落了厚厚的一层灰。她离开温哥华后，我的脑子里莫名其妙地多了个词：katatonia，紧张性神经分裂症。

我曾怀疑这个词来自那本书但已无从查证，因为它在一次搬家中被我丢掉了。

图书在版编目（CIP）数据

且将生活一饮而尽 / 李座峰著. — 北京：中国华侨出版社，2015.9

ISBN 978-7-5113-5694-9

Ⅰ. ①且… Ⅱ. ①李… Ⅲ. ①短篇小说－小说集－中国－当代 Ⅳ. ①I247.7

中国版本图书馆CIP数据核字（2015）第232627号

且将生活一饮而尽

著　　者：李座峰
出 版 人：方　鸣
责任编辑：叶　辞
经　　销：新华书店
开　　本：880mm×1230mm　1/32　印张：9.5　字数：228千字
印　　刷：北京鹏润伟业印刷有限公司
版　　次：2015年11月第1版　2015年11月第1次印刷
书　　号：ISBN 978-7-5113-5694-9
定　　价：36.80元

中国华侨出版社 北京市朝阳区静安里26 号通成达大厦3 层　邮编：100028
法律顾问：陈鹰律师事务所
发 行 部：（010）82068999　传真：（010）82069000
网　　址：www.oveaschin.com
E-mail：oveaschin@sina.com